The Great Gatsby

了不起的
盖茨比

[美] 弗朗西斯·司各特·菲兹杰拉德 著

李继宏 译

深圳报业集团出版社

那就戴上金帽吧,假如能够感动她

假如你能为她起舞,那也为她起舞吧

直到她感动地说:"爱人,戴金帽的、跳舞的爱人,

我必须拥有你!"

——托马斯·帕克·邓维利尔斯

第一章

在我年纪更轻、见识更浅时,父亲曾给我一个忠告,它至今仍在我脑海萦绕。

"每当你要批评别人,"他告诉我,"要记住,世上不是每个人都有你这么好的条件。"

他的话到此为止,但我们向来话虽不多,心意却是相通,我能明白他的言下之意。自那以后,我从不随便评判别人。这种习惯使我见识了许多古怪的性格,也让我领教了不少极其无聊的人物。如果正常人有这种脾气,心理异常的人很快会察觉到,并前来纠缠不清;所以上大学时,有人错怪我像个政客,因为甚至连有些冒失的陌生人也会来找我诉说心事。我并不想知道他们的隐私——如果按照以往的经验,发现有人就要向我倾吐衷情,我通常会假装睡觉、忙碌或者心不在焉。因为这些年轻人的衷情,至少是用来表达它们的言语,每每并不由衷,而且总是欲说还休。不去评判别人就是对别人怀有无限的希望。我父亲那句话好像有点瞧不起人，我的转述也显得很势利，但其实他想说的是，基本的道德观念并非与生俱来、人人皆有的东西。现在我仍然牢记这个道理，以免误会别人。

如此自夸宽厚待人之后，必须承认的是，我的宽厚也有个限度。别人的行为或有磐石般靠得住的基础，或有烂泥般靠不住的理由，可是一旦过分到某种程度，我也就不管背后的原因了。去年秋天我从东部回来后，我恨不得世人全都穿上军装，永远向道德立正致敬；我再也不要参加各种乱七八糟的活动，再也不要窥见人们的内心。只有盖茨比例外。这本书是以盖茨比命名的，他曾经象征着我厌憎的一切。倘使人格是许多连续不断的成功行动，那么他身上自有雍容华贵的气派，他对生活的各种前景也敏感得如同一台能够测知万里之外地震的精密仪器。这种敏锐并非那种被冠以"天才气质"美誉的多愁善感，而是一种永不言弃的乐观心态，一种罗曼蒂克的随机应变，是我在别人身上未曾发现、以后也很可能不会再见到的。是的——盖茨比其实完全没有问题，使我暂时对人世徒劳之悲哀和易逝之欢欣丧失兴趣的，是盖茨比身边那些食客，是那阵在他的梦想破灭之后飘散的污浊灰尘。

我的家族在这座中西部城市已经兴旺发达了三代人。卡拉威家族算得上是名门望族，我们家历来自称是伯克禄公爵[1]的后裔，但一世祖实际上是我祖父的兄长。他在1851年来到此地，南北战争时派人替他去打仗，并做起了我父亲如今经营的五金批发生意。

我从未见过这位祖伯父，但据说我长得很像他——证据就是父亲办公室挂着的那幅面无表情的画像。我从纽黑文[2]毕业是在1915年，距我父亲从那毕业正好四分之一世纪。不久之后，我参加了那场受阻的条顿大迁徙[3]，也就是所谓的世界大战。我经历过非常激动人心的反攻大战，所以回乡后反倒待不住。中西部不再是温暖的世界中心，现在它像是荒凉的宇宙边缘——于是我决定到东部去学习债券生意。我认识的人都在从事债券交易，所以我认为这行业再养活一个人应该没问题。我的叔伯姑姨商量了很久，仿佛是要为我挑选某个预科学校[4]，最后他们带着沉重、勉强的表情说："嗯……那好吧。"父亲同意资助我一年，经过几番耽搁，1922年春天，我怀着一去不返的心情，启程来到东部。

　　按理说，我应该在市区找个房间寄宿，但那时天气暖和，而我又刚离开碧草如茵、绿树婆娑的故乡，所以当有个年轻同事说他想和我到郊区合租一套别墅时，我很高兴地答应了。房子是他

1　1663年英王查理二世为私生子詹姆斯·司各特所设的封号，现任伯克禄公爵理查德·司各特是目前英国最大的地主。由于伯克禄公爵同时拥有唐卡斯特伯爵的封号，而盖茨比曾经在牛津大学和唐卡斯特伯爵合影，所以托尼·钿纳指出，菲兹杰拉德也许是在开玩笑地暗示尼克和盖茨比的关系可能比尼克以为的更密切。

2　美国康涅狄格州第二大城市，是著名的耶鲁大学所在地，通常用以指代该大学。

3　条顿是古代日耳曼民族的分支，现在用以指代德国人。菲兹杰拉德将第一次世界大战称为"受阻的条顿大迁徙"，既表明这次战争是德国挑起的，也表明德国最终战败了。

4　相当于私立高中，通常是有钱人的子女所上的贵族学校。

找的，是一座久经风霜的单层木板房，月租八十元。但公司临时派他去华盛顿，我就独自住到了郊外。我拥有一条狗（至少拥有了好几天，然后它跑掉了）、一辆旧道奇[1]和一个芬兰女佣。她会打扫房间、准备早餐，还会在电炉边自言自语地咕哝着芬兰人的道理。

起初两天我很孤单，第三天早上，有个比我更晚搬来的人在路上把我拦下。

"请问西卵怎么走？"他无助地问。

我告诉了他。我继续往前走，再也不觉得孤单了。我已经是指路人，是拓荒者，是原住民。他无意间让我对这个地方感到亲切而自在起来。

眼看阳光明媚，周边林木的枝头倏忽长满了树叶，就像电影里情节推进那么快，我心里深深地相信，新的生活必将随着夏天的来临而开始。

首先，需要阅读的书很多，这种让人振奋的新生活中有待我去吸收的养分也很多。我买了十几本有关银行业务、信用贷款、证券投资的书，那些红皮烫金的图书摆在书架上，就像新铸的钱

---

[1] 美国汽车制造商，1900年成立于底特律，1915年开始生产整车，并在1928年被克莱斯勒汽车公司收购。由于书中的故事发生在1923年以前，所以尼克拥有的只能是道奇的第一款量产车：道奇30型轿车（Dodge Model 30），该车1914年至1922年在产。

币,准备向我揭晓唯有迈达斯¹、摩根²和梅塞纳斯³才了解的金光闪闪的秘密。我还下定决心要读许多别的书。上大学时,我算是文艺青年,曾替《耶鲁校报》写过许多非常严肃却见识浅陋的社论。现在我准备重拾这些东西,再次成为所有专家中最浅薄的那种,也就是所谓的"通才"。这倒不是刻薄的俏皮话——毕竟,真正的一技之长会让生活成功得多。

巧合的是,我租住的这个地方,属于北美洲最奇怪的社区之列。它坐落在纽约以东一个细长而多姿多彩的海岛上。这海岛除了许多自然奇观,还有两片形状罕见的土地。这两个地方离市区二十英里,活像一对巨大的鸡蛋,轮廓并无二致,中间只隔着一片优美的海湾,伸入西半球最宜人的海面——长岛海湾那大片的水域。它们的轮廓倒不是完美的椭圆,而是像哥伦布的鸡蛋⁴,

---

1　希腊神话中的弗里吉亚国王,以拥有点石成金的神奇力量而著称。

2　即约翰·皮尔蓬·摩根(John Pierpont Morgan, 1837—1913),美国金融家和银行家。

3　罗马帝国奥古斯都皇帝的谋臣,在西方,他的名字是富裕、慷慨和开明的艺术赞助者的同义词。

4　意大利历史学家吉洛拉莫·班索尼(Girolamo Benzoni)在1565年出版的《新世界历史》(*Historia del Mondo Nuovo*)中记录了一个故事,在某次晚宴上,许多西班牙贵族贬低哥伦布的成就,认为就算没有哥伦布,也迟早会有人发现新大陆。哥伦布于是和他们打赌:除了他,没有人能不借助任何外力让鸡蛋竖起来。那些贵族先后尝试了很多次,都没能成功。轮到哥伦布时,他轻轻把鸡蛋的一端敲破,然后用被敲扁的那头让鸡蛋竖起来。那些贵族看得目瞪口呆,终于明白了他的意思:一件艰难的事情被完成之后,每个人都知道怎么去完成它,所以第一个完成的人是很伟大的。

连接陆地的部分都被压扁了，但它们外观的相似之处，肯定会让在上空翱翔的海鸥惊奇不已。对于身无双翼的人类来说，更有趣的现象是，除了形状和大小，它们竟然别无相似之处。

我住的是西卵，它，怎么说呢，它没有东卵那么时髦，但这是最肤浅的比较，不足以表明两者之间那种怪诞而又有点邪恶的差异。我的房子位于西卵的顶端，离海湾只有五十码，被夹在两座每季度租金一万二到一万五千美元的大别墅之间。左边那座是标准的豪宅——它的外观完全照搬诺曼底市政大楼，边上有座崭新的塔楼，其上攀援着稀稀疏疏的常春藤，还有个游泳池，以及超过四十英亩的草坪和花园。它就是盖茨比的公馆。或者更准确地说，它是一个姓盖茨比的绅士居住的公馆，因为我并不认识那人。我自己的房子很寒碜，但它寒碜得很不起眼，向来无人注意，所以我才有幸住进这座海景别墅，得以欣赏邻居的部分草坪，还能聊以与豪门巨富比邻自慰——这一切只要每月八十元。

优美的港湾对面，沿着海岸排开的，便是东卵那些时髦漂亮的白色房子。有一天，我开车到那边和汤姆·布坎南夫妇共进晚餐，于是这个夏天的故事真正地开始了。黛熙是我的远房亲戚，而汤姆是我在大学认识的。战争结束后不久，我曾在芝加哥和他们相处过两天。

黛熙的丈夫擅长各种体育运动，他是纽黑文橄榄球史上最出色的防守端锋，某种程度上算是全国知名人物。像他这种人，年仅二十一岁便在某个领域登上最高峰，随后只能不停地走下坡路了。他的家族富可敌国,他上大学时挥金如土,曾引来不少非议。现在他离开芝加哥来到东部,搬家的排场之大足以让你瞠目结舌,例如,他居然把许多马球马从森林湖运过来。我很难想象竟然有同龄人会富裕到这种程度。

至于他们为何来到东部,我并不知情。他们先前漫无目的地在法国住了一年,然后东游西逛,到处找其他有钱人打马球。这次来是准备定居了,黛熙在电话里说,但我不信——我不知道黛熙是怎么想的,但我觉得汤姆会永远飘荡下去,不无惆怅地寻找那种已经不可复得的、过去参加橄榄球比赛时才会有的狂热激情。

于是在某个有风但闷热的黄昏,我驱车前往东卵,去探望这两个我根本所知无多的老朋友。他们的房子甚至比我预想的还要华美。那是一座赏心悦目、红白相间的华厦,典型的乔治王时期殖民主义风格[1],前方就是海湾。草坪从沙滩开始,跑过四分之一英里,来到前门,跳过日晷、砖径和几个万紫千红的花园,抵达墙角之后,仿佛借助奔跑的势头,变成常春藤继续往墙上冲。房子正面有一排落地玻璃窗,在金色斜晖的照耀之下闪闪发亮,敞开着迎接午后暖煦的和风。汤姆·布坎南穿着骑马的服装,叉开双腿,站在门廊里。

他的模样变得跟在纽黑文时不同。如今他已到而立之年,

---

[1] 特点为建筑结构方正对称、前门位于房子正中间、房子正面有五个窗户、房子两端各有一道烟囱等等。这种风格的建筑主要兴建于1720年至1840年。

身材壮硕，头发灰黄，嘴角下垂，神态显得很倨傲。他脸上最引人关注的是那双明亮的眼睛，闪烁着傲慢的光彩，总是一副咄咄逼人的样子。甚至连那套华丽得有点女人气的骑马服也遮盖不住他魁梧的身材——他的小腿将那双油光发亮的长筒皮靴绷得紧紧的，每当他的肩膀在薄薄的上衣里面挪动，你能看到肌肉的抖动——那蛮横的身材。

他说话的声音既粗又重，而且会给人一种这人性情非常暴躁的印象。他还总是带着长辈教训晚辈的口吻，哪怕是对他喜欢的人也是如此——当年在纽黑文，讨厌他这副德性的人可不在少数。

"喏，别只是因为我比你强壮，比你更像男子汉，"他当年总是这么说，"就觉得我对这些事情的看法是不容辩驳的定论。"我们同属一个高级联谊会[1]，虽然彼此的关系不算亲近，但我向来觉得他是很欣赏我的，而且怀着他自己那种急躁而又骄矜的热切心情，希望我也会喜欢他。

我们在阳光灿烂的门廊里寒暄了几分钟。

"我这个地方不错吧，"他说，眼珠子滴溜溜地到处看。

他用一只手搭着我，让我转了个身，另外那只巨大而扁平的手掌朝前一摆，示意我看眼前的景物：一座下沉式的意大利风格花园，半英亩花香浓郁的深色玫瑰花，以及海边一艘随着浪花起

---

1 按照托尼·坦纳的说法，当年耶鲁大学共有六个高级联谊会，在学生中，入会是一种莫大的光荣。

伏的平头汽艇。

"这里原来的主人是德梅恩[1]，那个石油大亨，"他又把我转了回来，礼貌但突兀地说，"我们进去吧。"

我们穿过高高的门厅，来到明艳的玫瑰色客厅，客厅很雅致，两端是落地窗。两扇玻璃窗都开着，映照着户外绿油油的草地，显得那些草儿好像长到厅里来了。和风穿堂而过，将一边的窗帘吹进来，又将一边的窗帘吹出去，让白旗般的窗帘飘向婚礼蛋糕似的天花板，然后拂过酒红色的地毯，在其上留下波浪起伏的影子，宛如劲风刮过海面。

客厅里唯一完全静止的东西是一套巨大的沙发，上面坐着两个年轻女子，那模样仿佛是坐在落地的大气球上。两人都穿着白色的衣服，裙子不停地波动、轻摆，似乎她们刚刚乘坐气球环绕屋子归来。我不由呆呆地站住了，耳边尽是窗帘的沙沙响和墙上一幅挂画的呻吟。然后突然传来砰砰的响声，原来是汤姆·布坎南关上了后窗，于是客厅中的风渐渐平息，而窗帘、地毯和那两个年轻女子也终于慢慢地降落到地面。

那个年纪较轻的女孩我并不认识。她平躺在贵妃榻上，纹丝不动，下巴微微翘起，仿佛上面有东西就要掉下来，而她正在努力让

---

[1] 菲茨杰拉德虚构的人物，德梅恩（Demaine）是美国新英格兰地区的大姓，汤姆·布坎南对尼克这么说，是想强调他所住的房子有显赫的历史，符合他的身份。菲兹杰拉德借此突出布坎南的虚荣势利。

其保持平衡似的。她眼珠转都不转一下，似乎没有看到我进来。其实我反倒很吃惊，差点喏嚅地为我的到来打扰了她而道歉。

另外那女子就是黛熙了，她作势要站起来——身体稍微前倾，装出诚恳的表情——然后她轻轻地笑了，那笑声既古怪又迷人，我也笑起来，举步走进客厅。

"我高兴得呆掉了。"

她又笑起来，仿佛适才说的那句话非常聪明似的。她握着我的手，盯着我的脸看，装出一副全世界她最想看到的人就是我的样子。这是她惯用的伎俩。她轻声细语地说，那个下巴顶着东西的女孩姓贝克。（我曾听人说，黛熙说话很小声，是为了让人靠近她；这句无关的闲话并没有减少黛熙这种说话方式的魅力。）

反正贝克小姐的嘴唇是动了几下，几乎看不出来地朝我点点头，然后赶紧让她的头回到原位——她下巴顶着的那样东西显然歪了一点，把她吓坏了。我又差点脱口说出道歉的话。对这种我行我素、旁若无人的气概，我向来是既震惊又敬佩的。

我回过头来看着我表妹，她随即用低微而诱人的声音问东问西。那是让人侧耳倾听的嗓音，仿佛每句话都是人间能得几回闻的天籁之声。她的表情忧伤又可爱，还有着明媚的双眸和明艳的嘴巴，但最让人兴奋的还是她的声音，足以令在乎她的人永生难忘：那是低吟浅唱，也是窃窃私语，暗示着她刚刚做完欢乐轻快的事，而且接下来还有欢乐轻快的事。

我跟她说，前来东部途中，我在芝加哥停留了一天，有十来个人托我问候她。

"他们很想念我吧?"她欣喜若狂地问。

"整座城市弥漫着伤感。所有轿车都把左后边的车轮涂黑了表示哀伤,北郊的悲泣声彻夜不停啊。"

"太好啦!我们回去吧,汤姆,明天就走!"然后她前言不搭后语地说,"你应该看看我的宝贝。"

"好啊。"

"她睡着啦。她今年三岁。你没见过她吧?"

"没有。"

"嗯,你应该见见她。她……"

刚才片刻不停地在客厅里走来走去的汤姆·布坎南停下脚步,把手搭在我肩膀上。

"尼克,你做什么工作呢?"

"我是搞债券的。"

"跟谁搞啊?"

我跟他说了。

"没听说过这几个人嘛,"他言之凿凿地说。

这让我很恼火。

"你会听说的,"我没好气地回答,"如果你在东部住下来,你会听说的。"

"哦,我会在东部住下来的,你别担心,"他说,先瞟了黛熙一眼,又看着我,生怕说错话似的,"我要住到别的地方去,那才是大傻瓜呢。"

这时贝克小姐说:"绝对的啦!"这句突如其来的话把我吓了一跳——这是我走进客厅以来她说的第一句话。显然这句话也把她自己吓到了,因为她打着哈欠,通过一系列灵巧而迅速的动作站了起来。

"我浑身都僵啦,"她抱怨说,"我都忘记在沙发上躺了有多久。"

"别看着我,"黛熙反驳说,"我整个下午都在劝你到纽约去。"

"我不喝,谢谢啦,"贝克小姐对着佣人刚从厨房端进来的四杯鸡尾酒说,"我可是遵纪守法的良民。"[1]

她的男主人不解地看着她。

"是吗!"他举起杯子一饮而尽,"那我真不懂你那些事是怎么办成的。"

我望着贝克小姐,心里奇怪她"办成"了什么事。她是个苗条的平胸少女,昂首挺胸地站着,姿势很像年轻的军校学生。她

---

[1] 1919年1月16日获批的《美国宪法第十八修正案》"禁止在合众国及其管辖下的一切领土内酿造、出售或运送作为饮料的致醉酒类;禁止此类酒类输入或输出合众国及其管辖下的一切领土"。从这个时候开始,直到1933年12月5日正式生效的《美国宪法第二十一修正案》废除了这条规定为止,在美国境内喝酒是违法的行为。但当时许多上层人士依然热衷于饮酒,各个大城市的警察查禁也不力,导致美国各地走私烈酒成风。

的眼睛半眯着，显然经常在阳光下活动。这双灰色的眼睛好奇地看着我，苍白而迷人的脸庞上满是不高兴的神色。这时我才想起来我曾在别处见过她，或者她的照片。

"你住在西卵吧，"她轻蔑地说，"那边有个人我认识。"

"我谁也不认识……"

"你肯定认识盖茨比。"

"盖茨比？"黛熙迫不及待地问，"哪个盖茨比？"

我还没来得及说他是我的邻居，佣人就宣布晚餐开始了。汤姆·布坎南强行将他结实的手臂插到我腋下，拖着我往客厅外面走，仿佛他正要将棋子移到另外一格似的。

两位苗条的年轻女子慵懒地把手轻轻放在腰上，领着我们走到客厅外玫瑰色的门廊。沐浴着晚照的门廊摆着餐桌，上面点着四支蜡烛，烛火在微风中摇曳。

"干吗点蜡烛呀？"黛熙皱着眉抗议。她用手指把蜡烛捏熄。"再过两个星期，就是一年中白天最长的日子啦，"她容光焕发地看着我们说，"你们会期盼一年中白天最长的日子，等它来临时却忘记了吗？我总是期盼这个日子，然后到了那天又会忘记。"

"我们应该找点事做，"贝克小姐打着哈欠说，她虽然坐在餐桌旁边，却是一副就要睡觉的样子。

"好吧，"黛熙说，"我们做什么好呢？"她无可奈何地看着我。"大家做什么好呢？"

我尚未回答，她的眼睛忽又惊讶地看着她的小指头。

"看啊！"她抱怨说，"我把它弄伤了。"

我们都看过去——指节有点淤青。

"你干的好事，汤姆，"她责怪地说，"我知道你不是故意的，但这是你造成的。我真是命苦呀，嫁给这个粗鲁的男人，又壮又高又粗又笨的……"

"我讨厌你说我又粗又笨，"汤姆立刻抗议，"哪怕是在开玩笑。"

"你就是又粗又笨，"黛熙毫不示弱。

有时候她和贝克小姐同时开口，漫不经心地说着无关紧要的玩笑话，而且也绝不会彼此争执，口气冷冷淡淡的，如同她们的白色裙子和漠然的、没有任何情欲的眼睛。她们愿意坐下来，也不反感汤姆和我，礼貌地说说笑笑。但她们知道这顿晚餐终究会结束，片刻之后，今晚的欢聚也将会告终，她们对此并不在乎。这种态度跟西部截然不同，那边的人们夜里聚会时，总是热切地倾谈着，自始至终不会冷场，无论他们是感到越来越失望，或者非常不愿意曲终人散的时刻来临。

"你让我觉得自己很不文明耶，黛熙，"我喝下第二杯混杂着软木塞的气息然而口感很好的红酒，然后说，"你就不能聊聊庄稼或者其他我能听懂的话题吗？"

其实我只是随口说说，但汤姆却以我意想不到的方式把话头接了过去。

"文明即将破灭啦，"汤姆大声地说，"我现在对很多事情都感到极其悲观。你看过《有色帝国的崛起》吗？是个叫高达德的家伙写的。"

"没看过呢，"我说。他的口气让我相当意外。

"嗯，那绝对是好书，大家都应该读一读。作者认为，如果我们不小心提防，白种人将会……将会彻底沉沦。书里全是科学性的材料，这种说法是有凭有据的。"

"汤姆最近变得非常学究气，"黛熙说，不期然地露出悲伤的表情，"他读了很多有大量长句的图书。有句话怎么说来着，我们……"

"这些书都是讲科学的，"汤姆不耐烦地瞟了她一眼，固执地说，"这家伙提出了整套理论。我们这些占据统治地位的人种必须小心行事，否则其他人种就会取得控制权。"

"我们得把他们打趴了，"黛熙轻轻地说，对着火红的斜阳猛眨眼。

"你们应该住到加利福尼亚去……"贝克小姐试图插嘴，但汤姆坐在椅子上重重地挪了挪身体，打断了她。

"我们属于北欧民族，我，你，你，还有……"他略微迟疑，随即点点头，把黛熙也囊括在内，而黛熙又朝我眨起眼睛来，"……你。按照这本书的观点，人类文明都是我们亲手打造的，包括科学和艺术，以及其他种种。你明白吗？"

他这种忘乎所以的劲头让我觉得有点可怜，仿佛他虽然比以前更加自命不凡，但觉得还不够踌躇满志似的。此时屋里的电话铃响起来,管家离开了门廊,黛熙立刻抓住这个良机,凑到我面前来。

"我要告诉你我们家的一个秘密,"她兴致勃勃地低声说,"有关管家的鼻子。你想听听管家的鼻子有什么秘密吗?"

"这正是我今晚前来拜访的原因呀。"

"好啊,他以前不是管家。他以前在纽约替某个富翁擦银器,那人的银器足以供两百人使用。他必须从早到晚擦个不停,后来他的鼻子终于受到影响……"

"变得越来越糟糕,"贝克小姐帮腔说。

"是啊。变得越来越糟糕,最后他只好辞职不干了。"

最后的余晖带着罗曼蒂克的色彩,将她的面容照得神采奕奕,而她美妙的声线吸引我屏住呼吸凑上前去倾听。片刻之后,那神采消失了,每道光线恋恋不舍地离她而去,就像儿童在黄昏时离开充满乐趣的街道那样。

管家走了回来,在汤姆耳边密语了几句,汤姆听完皱起眉头,向后推开他的椅子,什么话也没说就走进屋里。他的离场似乎让黛熙活跃起来,她又侧过身来,声音像歌曲般欢快而动听。

"我很高兴请你来吃饭呀,尼克。你让我想起了一朵玫瑰,一朵绝美的玫瑰,对吧?"她转头寻求贝克小姐的认可,"他像一朵绝美的玫瑰吧?"

这很荒唐。我浑身没有半点像玫瑰的地方。她只是在信口开河,但我觉得她心里似乎有股怒气,这些足以令人屏住呼吸和激动不已的话语里隐藏着她的心事。然后她突然将餐巾丢在桌子上,说了一声对不起,就走进屋子去了。

贝克小姐和我故意不动声色地互使了眼色。我正准备说话,她机警地坐直了,嘴里"嘘"了一下,示意我别作声。屋里依稀传来一阵激烈的低声争吵,贝克小姐毫不顾忌地侧过身去,想要仔细听清楚。里面的低语渐渐响亮到差不多听得清,忽而低沉下去,忽而又升高,然后彻底平息了。

"你刚才提到的盖茨比先生是我的邻居……"我说。

"别说话。我想听听怎么回事。"

"发生什么事啦?"不知内情的我问道。

"你居然不知道啊?"贝克小姐感到很意外地说,"我以为大家都知道。"

"我不知道呀。"

"好吧,"她吞吞吐吐地说,"汤姆在纽约有个相好。"

"有个相好?"我茫然地重复她的话。

贝克小姐点点头。

"她应该识趣点,别在晚餐时间打电话给他。你觉得呢?"

我还没弄懂她这句话的意思,就听到裙子的沙沙响和皮靴的咯吱声,汤姆和黛熙回到了餐桌。

"刚才失态啦!"黛熙强颜欢笑地说。

她坐下来,目光闪烁地看看贝克小姐,又看看我,接着说:"我看了外面的景色,外面真是好浪漫呀。有只小鸟落在草坪上,我觉得肯定是夜莺,从英国搭乘冠达或者白星邮轮过来的。

它正在唱歌……"她的声音也像是在唱歌,"真是浪漫呀,汤姆,你说呢?"

"非常浪漫,"他敷衍了一句,然后愁容满面地对我说,"如果吃完饭天还够亮,我带你去马房看看。"

屋里电话突然又响了,怪吓人的,黛熙看着汤姆,坚决地摇摇头,于是所有话题,包括马房,都烟消云散了。在餐桌上的最后五分钟,大家都很尴尬,我记得蜡烛毫无意义地又被点燃了,当时我想要直视每个人,却又避开大家的眼光。我猜不出黛熙和汤姆心里在想什么,但我敢说哪怕是显得如此玩世不恭的贝克小姐,也难以完全不去想这第三位客人刺耳而急促的电话铃声。也许在置身事外的人看来,这局面倒也挺有意思的——但我自己的本能反应是赶紧打电话报警。

不用说,马房的事再也没人提起。汤姆和贝克小姐隔着几英尺的暮色,一前一后悠悠地走进了书房,那神情活像是要去给死人守灵;而我则装出高高兴兴、若无其事的样子,随着黛熙穿过几个相连的通道,来到屋子前面的门廊。光线全然暗了下来,我们并排在一张柳条长椅上坐下。

黛熙双手捂着脸庞,仿佛是在感受它可爱的形状,她的明眸缓缓地望向天鹅绒般漆黑的夜色。我看得出她思绪翻涌,于是问起她的女儿,想让她平静下来。

"我们相互不是很了解,尼克,"她突然说,"尽管我们是表亲。我结婚时你都没来。"

"当时我还在打仗呢。"

"那倒是，"她迟疑地说，"好吧，我有过一段伤心事，尼克，现在我真是看破红尘啦。"

这显然有隐情。我等她透露，但她没有说下去。过了片刻，我无奈之下又把话题转回到她女儿身上。

"她现在什么都会说，什么都能吃了吧？"

"是啊，"她心不在焉地说，"听着，尼克，我要跟你说说她出生时发生的事情。你愿意听吗？"

"非常愿意。"

"你听了就知道我为什么会感到……心灰意冷。嗯，她出生不到一个小时，汤姆就不知道跑哪里去了。我从麻醉状态中醒来，感到非常凄凉，立刻问护士是男是女。她说是个女孩，所以我扭头就哭了。'好吧，'我说，'我很高兴是个女孩。我希望她将来是个傻瓜——在这个世界上，女孩最好当傻瓜，当一个美丽的小傻瓜。'

"你知道吗，我觉得总之一切都特别没意思，"她继续用很诚恳的语气说，"每个人都这么想——那些最高级的人。我就知道。我什么地方都去过了，什么景色都看过了，什么事情都做过了。"她像汤姆那样顾盼自雄地东张西望，发出一阵动听的冷笑。"这就是饱经沧桑啊——天哪，我已经饱经沧桑啦！"

她一收起那迫使我不得不专心聆听和由衷相信的声音，我立刻就察觉到她刚才说的都不是真心话。这让我很不爽，似乎晚上发生的一切都是圈套,用来诱骗我付出她想要的情感。我沉默不语,过了片刻,她看着我时,那张可爱的脸上果然露出了讥笑,仿佛她已经获得了某个由杰出人士组成的秘密社团的入会资格,她和汤姆都已经成为会员。

屋内,粉红色的客厅灯火通明。汤姆和贝克小姐分坐长沙发的两端,她正在念《星期六晚报》给汤姆听。她轻轻地念,不分发音的轻重,但听起来既流畅又悦耳。灯光照得汤姆的靴子闪闪发亮,照得贝克小姐秋叶黄的头发黯无光泽,又照得杂志的纸张白花花的很耀眼,每当翻过一页,她手臂上苗条的肌肉就会随之一动。

我们走了进去,她抬起手,要我们保持安静。

"未完待续,"她说着把杂志往桌上一丢,"请见下期。"

她双脚着地,抖了抖两边的膝盖,然后站起来。

"十点了,"她说,眼睛看着天花板,好像那里有个时钟,"我这个乖乖女要睡觉啦。"

"乔丹明天要参加比赛,"黛熙解释说,"在威切斯特[1]那边。"

"啊……原来你就是乔丹·贝克。"

现在我知道为什么会觉得她很面熟了——我曾多次在报刊的体育版上看到这张美丽而高傲的脸庞,那些媒体会报道她在阿

---

1 即纽约州的威切斯特郡,南部与纽约市和长岛海湾接壤。

什维尔、温泉公园或者棕榈海滩的比赛。我也听说过有关她的闲话,很难听的那种,但到底说了什么我早已忘记。

"晚安,"她轻轻地说,"八点叫醒我,拜托啦。"

"到时你别起不来呀。"

"我会起来的。晚安,卡拉威先生。希望还有机会见面。"

"当然有啊,"黛熙肯定地说,"其实我想当你们的媒人。常常来玩,尼克,我会——我会撮合你们的。比如说,把你们单独关进某个小房间,或者让你们坐船出海,诸如此类……"

"晚安,"贝克小姐在楼梯上大声说,"我可什么都没听到。"

隔了片刻,汤姆说:"她是个好女孩。他们不应该让她全国到处跑的。"

"谁们?"黛熙冷冰冰地问。

"她家里人啊。"

"她家里只有一个老糊涂的姑妈。再说了,以后尼克会照顾她的,对吧,尼克?今年夏天她常常到这里来过周末。我觉得家庭的氛围对她非常有好处。"

黛熙和汤姆默默无言地对视了片刻。

"她是纽约人吗?"我赶紧问。

"是路易斯维尔[1]的。我们在那里共同度过了纯真的少女年代。我们那美丽而纯真的……"

---

1 美国中部肯塔基州最大的城市。

"刚才在门廊你是不是把心事都告诉尼克了?"汤姆突然逼问。

"有吗?"她望着我,"我不记得啦,我们好像在聊北欧民族。是的,我们聊的是这个。我们不知道怎么就聊起来……"

"别相信你听到的每句话,尼克,"他正告我说。

我轻松地说我什么也没听见,隔了几分钟,我站起来告辞。他们把我送到门口,并排站在一片明亮的灯光中。我启动引擎,这时黛熙发号施令似的大声说:"且慢!"

"有个问题忘了问你,是个很重要的问题。我们听说你在西部和某个姑娘定亲了。"

"是啊,"汤姆友善地起哄说,"我们听说你订婚了。"

"这是谣言。我哪有钱啊。"

"可是我们听说了,"黛熙坚定地说,让我奇怪的是,她现在又绽开花儿般的笑脸,"我们听三个人说的,所以肯定是真的。"

我当然知道他们说的是哪回事,但我根本就没有订婚。其实这谣传我已订婚的流言蜚语也是促使我到东部来的原因之一。你不能因为不想听到谣言就跟老朋友断绝来往,可是我也不想因为谣言而去结婚。

他们的关心让我很是感动,让我觉得他们不像有些富人那样人情淡薄——尽管如此,开车离开途中,我还是很困惑,也有点厌恶。我认为黛熙应该做的是抱着孩子逃离这座别墅,但她显然没有这种念头。至于汤姆，我觉得他在纽约"有个相好"其实不足为奇，怪的是他竟然会因为读了某本书而意志消沉。不知道他怎么会去啃那种腐朽落后的书，大概是因为强壮的体魄再也滋养不了他那颗高傲的心吧。

　　沿途所见尽是夏日的热闹景象，各处酒馆和路边加油站门庭若市，许多崭新的红色加油机坐在电灯的光圈里。回到西卵的房子后，我把车开进停车棚，在院子里废弃的压草机上坐了片刻。风儿已经远走，留下热闹而明亮的夜晚，归巢的倦鸟扑打翅膀的响声，以及被万物欣荣的大地唤醒的青蛙持续不断地发出的鼓噪。有只猫的身影在月光下蜿蜒移动，我转过头去望着它，这时才发现我并不是一个人——五十英尺开外，有个人从邻居那座公馆的暗影中走出来。他手插口袋，悄然伫立，凝望着漫天银色的星光。他的动作不徐不疾，站在草坪上泰然自若，看来正是盖茨比先生本人，可能是出来确定我们本地的天空哪部分归他所有吧。

　　我准备跟他打招呼。晚餐时贝克小姐提起过他，我可以借此和他搭讪。但我并没有开口，因为他突然做出的举动表示他不愿受到打扰——他对着黑黝黝的海面，奇怪地伸出双手，而且尽管离他很远，我能看出来他正在发抖。我不由向海那边望去，但什么也没看到，只见远处有一点微茫的绿光，兴许是谁家码头上的电灯。当我回头去看盖茨比时，他已经消失了，再次留下我一个人，在这不平静的黑暗中。

第二章

　　差不多在西卵去往纽约的半途，汽车公路匆匆地和铁道相交，然后和它齐头并进了四分之一英里，以便避开一片荒地。这里其实是垃圾场——它像个神奇的庄园，垃圾如同小麦，长成高低不等的山丘和荒诞怪异的花园；有些垃圾则堆成房子的形状，附带着烟囱和袅袅升起的炊烟；此外还能看到许多满身灰尘的人，缓缓地移动着，他们的身影在灰蒙蒙的空气里隐约可见。偶尔会有几辆灰色的汽车列队沿着时隐时现的道路开进去，发出可怕的刹车声，然后停下来。那些满身灰尘的人立刻带着铁锹一拥而上，激起一阵乌黑的云雾，将他们本来就模糊不清的行动彻底地挡在你的视线之外。

　　但是再过片刻，在这永远弥漫着阵阵尘雾的垃圾场之上，你会看到艾克堡医生的眼睛。艾克堡医生的眼睛又蓝又大——光是瞳孔就有一码高。它们并不是从面孔上，而是从一副悬空虚架的巨大黄色眼镜后面向前看。这显然是某个眼科医生异想天开竖起来的广告,以便为他在皇后区的诊所招徕顾客,后来他大概是永远地闭上了眼睛,或者忘记这回事搬到了别处。由于年久失修,而且日晒雨淋,那双眼睛已经有点暗淡,但依然忧郁地凝视着这片肃穆的垃圾场。

垃圾场边上有条污浊恶臭的小河,每逢吊桥升起,让货船通过,途经此地的列车得等上半个小时之久,乘客只能无可奈何地欣赏这片丑陋的景色。平时火车开到这个站,至少会停车一分钟,也正是因为如此,我才得以初次见识汤姆·布坎南的情妇。

他有情妇这回事,每个认识他的人都言之凿凿。他经常带着情妇出入热闹的餐厅,让她坐在餐桌边,而自己则神色如常地到处找熟人攀谈,这种做法让他的熟人很讨厌。我挺好奇她究竟是个什么样的人,然而并没有见她的欲望——可是我却见到了。那天下午,我和汤姆坐火车到纽约去,火车在垃圾场附近靠站时,他站起来,抓住我的上臂,不由分说地拖我下车。

"我们在这下车吧,"他坚定地说,"我带你去见我女朋友。"

我想他大概是午餐时喝多了酒,像这样强要我陪他去,简直是硬来。瞧不起人如他,大概以为我在星期天下午不会有别的要紧事吧。

我跟着他跨过铁道边一排低矮的、刷着白漆的篱笆,在艾克堡医生永恒的注视之下,沿着公路往回走了百来码。视线里仅有的建筑物是一排黄砖砌成的矮小房子,坐落在荒地边缘,大概算是本地主要的商业街吧，四周则是空荡荡的。这条街上有三家店铺，一家正在招租，一家是通宵营业的饭店，门前散落着许多垃圾。第三家则是汽修厂，招牌上写着"乔治·威尔逊汽修厂，兼营旧车买卖"。我随汤姆走了进去。

汽修厂里徒有四壁，一派萧条的景象，唯一能看到的是一辆破旧蒙尘的福特，蜷缩在阴暗的角落里。我心里想，这昏暗的汽修厂肯定是为了遮人耳目，楼上也许是豪华而浪漫的藏娇金屋。就在这时，老板本人从账房走出来，边走边用破布擦手。他满头金发，精神萎靡，脸无血色，稍微有点英俊。看到我们，他那双淡蓝色的眼睛闪过一道希望的光芒。

"你好啊，威尔逊老兄，"汤姆欢快地拍拍他的肩膀说，"生意怎么样？"

"马马虎虎吧，"威尔逊不太自信地说，"你什么时候把那辆车卖给我？"

"下星期，我已经派人去处理它了。"

"那人手脚未免也太慢了，对吧？"

"不对，他不慢，"汤姆冷冷地说，"如果你嫌慢，那我把它卖给别人算了。"

"我不是那个意思，"威尔逊赶紧解释说，"我只是……"

他的话音戛然而止，汤姆不耐烦地乱瞟着汽修厂的四处。这时我听到一阵脚踩楼梯的声音，片刻之后，有个粗壮的女人站在账房门口，挡住了透进来的光线。她三十来岁，有点发胖，但她像有些胖女人那样,仪表姿态看上去很舒服。她穿着沾了油渍的深蓝色绉纱连衣裙,脸庞长得并不美,但是一眼就能看得出来她很有活力,就好像她体内的细胞不停地燃烧似的。她微微笑起来,视若无睹地从她丈夫身边走过,上前握住汤姆的手,两眼放光地看着他。然后她舔了舔嘴唇,头也不回,轻声但没好气地吩咐她丈夫:

"你怎么不去搬两张椅子来呢,让客人坐下呀。"

"哦,好的,"威尔逊匆忙答应,向那间狭小的账房走去,身影立刻跟水泥颜色的墙壁混成一片。灰白的尘埃覆盖着他黑色的西装和淡黄的头发,也覆盖着车房里的一切——除了他妻子。她朝汤姆贴了过去。

"我想见你,"汤姆热切地说,"去搭下班车。"

"没问题。"

"我在车站地下一层的报刊亭等你。"

她点点头,从汤姆身边走开,这时威尔逊正好搬着两把椅子走出账房。

我们在路边没有人看见的地方等她。再过几天就是七月四日[1]了,有个脏兮兮的瘦小意大利男孩正在将炮仗沿着铁轨一字排开。

"这地方很糟糕,对吧,"汤姆说,他朝艾克堡医生皱了皱眉。

---

[1] 美国国庆日。

"糟透了。"

"出去透透气对她有好处。"

"她丈夫不反对吗?"

"威尔逊啊?他以为她是去纽约探望她妹妹。他很蠢的,连他自己是死是活都不知道。"

于是汤姆·布坎南、他女朋友和我一起奔赴纽约——其实也不能说是一起,因为威尔逊太太很谨慎地坐到其他车厢去了。汤姆之所以忍得住,主要是担心被同车的东卵居民撞见不好意思。

她先前已换上了棕色的贴身棉裙,汤姆在纽约扶她下车时,她那宽大的臀部将裙子绷得紧紧的。她在报刊亭买了一本《城市杂谈》和一本电影杂志,又到车站药店买了雪花膏和一小瓶香水。上楼之后,我们走到阴暗而有回音的出租车上客点,她任由四辆空车驶过,才选中一辆新车,车身是薰衣草的紫色,坐垫是灰色的。我们乘着这辆车滑出巨大的车站,驶进耀眼的阳光里。但她立刻从窗边扭过头,身体向前靠,敲了敲前面的玻璃。

"我要买只小狗,"她兴高采烈地说,"我要买只小狗养在公寓里。那里养只狗多好呀。"

我们的车后退到一个白发老头身边,他长得很奇怪,居然特别像约翰·洛克菲勒[1],让人感觉很滑稽。挂在他胸前的篮子里拥挤着十来只刚出世的小狗,看不出来是什么品种。

---

1 即 John Davison Rockefeller(1839-1937),美国石油大王和慈善家。

看到那老头走近车窗,威尔逊太太急切地问:"这些是什么品种啊?"

"什么品种都有。这位太太,你想要哪一种呢?"

"我想要只警犬,你大概没有吧?"

老头目光闪烁地朝篮子里看,把手插进去,抓住其中一只的后颈,将浑身扭动的小狗提出来。

"这又不是警犬,"汤姆说。

"是的,它确实不是警犬,"老头掩不住失望说,"它很可能是英国的河畔犬[1]。"他摸了摸那狗后背的棕色毛发。"你看看它的皮毛,多茂密呀。这狗永远不会因为着凉而给你带来麻烦。"

"我觉得它很可爱耶,"威尔逊太太兴奋地说,"要多少钱?"

"这只吗?"老头爱慕地看着它,"这只要十块钱。"

那只河畔犬——它无疑有点像河畔犬,不过它的爪子白得吓人——成交了,乖乖地坐在威尔逊太太的膝盖上,她欣喜若狂地玩弄着那油光发亮的皮毛。

"它是女孩还是男孩呀?"她轻声细语地问。

"这只吗?这只是男孩。"

---

[1] 一种原产于英国约克郡阿里岱尔(Airedale)地区的大型犬,也称万能梗。第一次世界大战期间,英国军方曾用其充任守卫及传令任务,也可以算是军犬。河畔犬的毛发为黑色和黄褐色,下文提到梅朵购买的那只狗"爪子白得吓人",是在暗示它并非正宗的河畔犬。

"它是个婊子，"汤姆斩钉截铁地说，"这是你的钱。拿这笔钱再去买十只吧。"

我们驶过第五大道，在这个夏日的星期天下午，这里的空气非常温暖和煦，甚至有点田园的气息。哪怕一拐弯看到许多白色的绵羊，我也不会吃惊。

"停车，"我说，"我在这里下车啦。"

"别下，"汤姆赶紧接口说，"你要是不到我们的公寓去，梅朵会伤心的。对吧，梅朵？"

"去嘛，"她敦促我说，"我会打电话叫我妹妹凯瑟琳来。大家都说她非常漂亮，你应该认识认识的。"

"嗯，我是想认识，但……"

我们继续往前走，然后掉头穿过中央公园，直奔城西第一百多号街那边而去。到了第一百五十八号街，出租车停在一座白蛋糕似的公寓楼前面。威尔逊太太像皇后回宫般环顾四周，收好她的小狗和其他买到的东西，趾高气扬地走了进去。

"我打算请麦基夫妇到楼上去，"我们坐电梯上楼时，她说，"当然，我也会打电话叫我妹妹来。"

他们的公寓在顶层，有一个小小的客厅，一个小小的餐厅，一个小小的卧室，此外还有浴室。客厅显得很拥挤，因为那套豪华家具实在是太大了，所以走动时很容易跌进几幅贵妇人在凡尔赛宫花园荡秋千的画面里。客厅里仅有的画是一幅尺寸过大的摄影作品，乍看是一只母鸡坐在一块模糊不清的石头上。可是站到远处看，那只母鸡化为一顶女帽，而石头原来是个矮胖的老太太，笑眯眯地俯视着客厅。桌子上摆着几本往期的《城市杂谈》，一册《名叫彼得的西蒙》[1]，以及几本有关百老汇的八卦杂志。威尔逊太太最先关心的是那只小狗。有个负责开电梯的男孩听从威尔逊太太的使唤，心不甘情不愿地去买了装满稻草的盒子和牛奶，并擅自买了一大盒狗粮——其中一块整个下午都在盛牛奶的碟子里散发出恶臭。在这期间，汤姆从上了锁的壁橱里取出一瓶威士忌。

有生以来我只喝醉过两次，第二次就在那个下午，所以后来发生的事情我都已忘却，倒是记得那天晚上八点过后，公寓里依然洒满了欢乐的阳光。威尔逊太太坐在汤姆的大腿上，打了电话给几个人，然后香烟抽光了，我下楼到路口的药店去买。回到公寓时，他们俩消失了，于是我很识趣地在客厅坐下来，翻阅那本《名叫彼得的西蒙》——要么是这本书太过糟糕，要么是威士忌太过厉害，因为我根本就看不进去。

就在汤姆和梅朵（喝过第一杯酒之后，威尔逊太太和我就以名字相称了）重新出现时，客人陆续来到公寓门口。

梅朵的妹妹凯瑟琳身材苗条，模样俗气，大约三十岁，红色的短发又硬又油，脸上的粉搽得像牛奶那样白。她的眉毛是拔掉

---

[1] 即 *Simon Called Peter*，一本1921年出版的畅销小说，作者是罗伯特·基尔堡（Robert Keable, 1887-1927），因内容涉及性和宗教而引发不少争议。

之后重新画上的，画得更加弯了，可是她自身的眉毛又沿着原来的路线长出来，这让她的脸显得一塌糊涂。她走路会不停地发出叮叮当当的声音，因为有无数条陶瓷手链在她手腕上晃动。她匆匆走进来，像是回到自己家，又审视了客厅里的家具，仿佛这些都是她的。我不由怀疑她就住在这里。可是当我问起来，她又放声高笑，大声地重复了我的问题，然后告诉我她和某个女性朋友住在酒店里。

麦基先生面容苍白，有点娘娘腔，就住在楼下。他显然刚刮了胡子，因为脸颊上有点白色的肥皂泡沫；他毕恭毕敬地和客厅里每个人打招呼。他跟我说他是"吃艺术饭的"，后来我得知他是摄影师，挂在墙上那幅模糊的放大照片就是他的作品，那阴气沉沉的老太婆原来是威尔逊太太的母亲。他的妻子声音很尖，无精打采，相貌倒挺美，但很讨厌。她自豪地告诉我，她的丈夫在婚后给她拍摄了一百二十七次照片。

威尔逊太太不知什么时候又换了衣服，现在穿着样式复杂的白色雪纺裙，上层社会的女性在午后正式会客时穿的那种，长长的裙脚拖在地上。每当她像扫帚般在客厅里走动时，裙子就会不停地沙沙响。在这套裙子的影响之下，她的气质也发生了变化。原先在汽修厂里她显得很有活力，现在活生生一副法国贵妇人的神气。她的笑声、姿势和言语渐渐地矫揉造作起来；随着她越来越膨胀，客厅显得越来越小，在醉眼朦胧的我看来，她似乎附在一根吱嘎作响的木轴上，吵闹地转个不停。

"亲爱的，"她声嘶力竭地告诉她妹妹，"现在很多人都是骗子。他们只惦记着钱。上星期我请一个女人来看我的脚，你要是看到她开的账单，肯定会以为她是帮我做阑尾切割手术了。"

"那女人叫什么名字？"麦基太太问。

"她姓艾伯哈特。她是上门替人家看脚的。"

"我喜欢你的裙子，"麦基太太说，"我觉得它很漂亮。"

威尔逊太太拒绝了这次恭维，她不以为然地扬了扬眉毛。

"这只是一件过时货啦，"她说，"我是随便穿穿的。"

"可是它在你身上显得很漂亮，你懂我的意思吗？"麦基太太固执己见地说，"如果你肯摆那个姿势，我想切斯特能够拍出一张好照片。"

我们大家默默地看着威尔逊太太，她伸手掠开眼前一绺头发，笑逐颜开地看看我们。麦基先生歪过头，专注地盯着她，然后把手伸到脸前，慢慢地来回比划。

"我应该改变光线，"他沉吟片刻之后说，"我想突出五官的轮廓。我会尝试把背后的头发都拍进去。"

"我觉得光线正正好，"麦基太太大声说，"我认为……"

她的丈夫"嘘"了一声，于是我们又朝被拍摄者望去。这时布坎南大声地打了个哈欠，站起身来。

"麦基，你们俩喝点什么？"他说，"梅朵，再去弄点冰块和矿泉水来，否则大家都要睡着啦。"

"我跟那开电梯的小子说过要冰块的，"梅朵扬起眉毛，对下等阶级的靠不住表示很绝望,"这些人啊!你不老盯着他们还不行。"

她看了看我,莫名其妙地笑起来,突然又蹦蹦跳跳地走到小狗跟前,兴高采烈地亲了亲它,然后摇摇摆摆地走进厨房,仿佛那里有十几个大厨正在等她发号施令。

"我在长岛拍过几张好的,"麦基先生言之凿凿地说。

汤姆茫然地看着他。

"有两张就挂在楼下我家里。"

"两张什么?"汤姆问。

"两张作品啊。其中一张叫'蒙塔克海角之群鸥',另一张叫'蒙塔克海角之汪洋'。"

凯瑟琳挨着我坐到沙发上。

"你也住在长岛吗?"她问。

"我住在西卵。"

"真的啊?个把月前,我去那边参加了宴会。在一个叫盖茨比的人家里。你认识他吗?"

"我就住他隔壁。"

"嗯,大家说他是德国威廉皇帝的侄儿或者表弟。所以他才那么有钱。"

"真的吗?"

她点点头。

"我挺怕他的。我可不想被他抓住什么把柄。"

这份有关我邻居的新奇情报被麦基太太打断了,她突然指着凯瑟琳。

"切斯特,我觉得你可以替她拍些照片耶,"她脱口而出,但麦基先生只是爱答不理地点点头,然后扭头看着汤姆。

"我希望在长岛揽更多的活,可惜不得其门而入。要是有人帮忙介绍就好啦。"

"找梅朵啊,"汤姆失笑说,这时威尔逊太太正端着托盘走进客厅。"她可以给你写封介绍信,对吧,梅朵?"

"干什么呀?"她意外地问。

"请你写信介绍麦基给你丈夫啊,这样麦基就能给他拍照啦。"他略作沉吟,跟着说,"'加油站之乔治·威尔逊',诸如此类的。"

凯瑟琳凑到我耳边,轻轻地说:"他们俩都受不了自己的配偶。"

"不会吧?"

"真受不了他们,"她看看梅朵和汤姆说,"我是说,他们既然受不了,为什么还要勉强过下去呢?照我说,他们应该离婚,再彼此结为夫妻。"

"她也不喜欢威尔逊吗?"

这个问题的答案出乎我的意料。答案来自梅朵,她偷听到了问题,满嘴脏话地给出了回答。

"你明白了吧,"凯瑟琳得意洋洋地大声说。接着她又压低声音,"其实从中作梗的是他老婆。他老婆是天主教徒,他们认为人是不能离婚的。"

黛熙并非天主教徒,这个精心设计的谎言让我有点震惊。

"等到他们真的结婚,"凯瑟琳继续说,"他们会先到西部避避风头,等事情平息了再回来。"

"去欧洲更保险吧。"

"你喜欢欧洲啊?"她惊奇地大叫,"我刚从蒙特卡洛[1]回来呢。"

"真的啊?"

"就是去年的事。我和另外一个女孩去的。"

"待了很久吗?"

"没有啦,我们只是去了蒙特卡洛就回来。我们取道马赛[2]去的。出发时我们带了一千两百块钱,可是不到两天就在赌场的包房被骗光了。实话对你说,我们回来路上吃了很多苦头。天哪,我特别讨厌那个城市!"

我朝窗外望去,但见黄昏的天空蔚蓝得恍如地中海——然后麦基太太刺耳的声音又让我回到客厅。

"我也曾差点犯了错误,"她兴奋地说,"当年我差点嫁给一个矮个子犹太佬,他追了我好多年。我知道他配不上我。大家

---

1 摩纳哥大公国的城市,以开设众多赌场闻名。
2 法国港口城市。

不停地对我说：'露西尔，那人比你差远啦。'但假如我没遇到切斯特，那他肯定会得逞。"

"是的，但是你算走运的了，"梅朵·威尔逊不停地点着头说，"至少你没有嫁给他。"

"我知道。"

"可是我嫁给他了，"梅朵含混地说，"这就是你和我的区别。"

"你干吗嫁给他呢，梅朵？"凯瑟琳责备地说，"没有人强迫你啊。"

梅朵陷入了深思。

"我嫁给他，是因为我原本觉得他是个绅士，"隔了良久，她终于说，"我以为他是个很有教养的人，但他其实连替我舔鞋子都不配。"

"你当时爱他爱得发疯，"凯瑟琳说。

"胡说八道！"梅朵仿佛遭了冤屈，大声辩白说，"谁说我爱他爱得发疯？说我爱过他，还不如说我爱过这个人呢。"

她突然朝我指来，于是每个人都用谴责的目光看着我。我只好努力装出一副从未指望有人爱我的表情。

"我唯一发疯的事是嫁给他。我立刻知道我犯错了。他结婚的礼服都是跟别人借的，而且从来没跟我提起。后来有一天他不在家，那个人来要回去。'哦，这礼服是你的啊？'我说，'我以前倒是没听说过嘛。'但我把礼服给他了，过后我躺在床上，伤心欲绝地哭了整整一个下午。"

"她真的应该离开他,"凯瑟琳又跟我说起话来,"他们在汽修厂楼上生活了十一年。汤姆是她第一个情人。"

大家纷纷拿起那瓶威士忌——第二瓶——往杯子里倒,只有凯瑟琳除外,她"觉得不喝酒也很高兴"。汤姆按铃把门房喊来,派他去买些驰名的三明治回来当晚饭吃。我很想出去,在柔和的暮色中朝东向中央公园走去;可是每当想要告辞,我就会被七嘴八舌的挽留缠住,这片刺耳的声音像绳子般把我拉回座位。然而我们这排位于城市高空的黄色窗户,在昏暗街道的偶然过客看来,不知道隐藏着多少人生的秘密;我也看见他了,他抬头仰望,若有所思。我既在里面又在外面,对这变幻无常的人生,我同时感到心醉神迷和恶心不已。

梅朵把她的椅子拉到我跟前,突然间她暖烘烘的鼻息扑面而来,对我说起来她和汤姆初次相遇的故事。

"火车上有两个面对面的小位子,总是没人愿意坐,我们就是在那里相遇的。那天我来纽约探望我妹妹,准备在这里过夜。他西装革履的,我忍不住老看着他,但每次他看我时,我就假装欣赏他头顶上方的广告。下车时他紧挨着我走,穿着雪白衬衣的前胸贴着我的手臂,所以我说我要喊警察来,但他知道我是在说谎。我神魂颠倒地跟他上了出租车,甚至不知道我坐的并不是地铁。我心里反反复复、颠来倒去地想:'人生苦短,人生苦短。'"

她扭头看着麦基太太,客厅里响起了她虚伪的笑声。

"亲爱的，"她大声说，"这条裙子我等会儿就脱下来送给你。我打算明天再去买一条。我准备把要做的事都记下来。要按摩，做头发，给小狗买个颈圈，买个那种带弹簧的、小巧玲珑的烟灰缸，还要给我妈妈的坟墓买个有黑丝带的假花圈，可以摆整个夏天的那种。我得把这些事统统记下来，免得全都忘了。"

这时已经九点了——过了片刻我再看表，转眼间已是十点。麦基先生坐在椅子上打盹，双手握拳放在膝盖上，活像一幅黑社会打手的照片。我取出手帕，擦掉他脸上那点让我难受了整个下午的、已经干掉的肥皂泡。

小狗坐在餐桌上，在烟雾迷蒙的空气中茫然四顾，时不时发出微弱的吠声。大家消失了又出现，合计着要去哪里，然后又找不到对方，于是到处找，却发现对方原来近在眼前。快到午夜时分，汤姆·布坎南和威尔逊太太面对面地站着，激烈地争吵威尔逊太太是否有权利喊黛熙的名字。

"黛熙！黛熙！黛熙！"威尔逊太太歇斯底里地大喊，"我想喊就喊！黛熙！黛……"

汤姆·布坎南非常迅捷地甩了她一个耳光，打得她鼻血直流。

然后许多血红的毛巾出现在浴室的地板上，阵阵女人的指责声在房间里回荡，而盖过这片混乱的，是一长串时断时续的、痛苦的哀嚎。麦基先生被惊醒了，开始迷迷糊糊地向门口走去。走到半路，他转过身来，望着眼前的景象：他的妻子和凯瑟琳又是痛骂又是安慰，跌跌撞撞地在拥挤的家具中来回寻找药品，有个伤心欲绝的人躺在沙发上,血流如注,却还试图铺开一份《城市杂谈》,遮住沙发套上的凡尔赛风景画。然后麦基先生转头继续向门外走去。我从衣架上拿起帽子,跟在他后面。

"改天一起吃午饭吧,"电梯吱吱嘎嘎地往下降时,他对我说。

"到哪儿吃?"

"哪儿都可以。"

"手别碰升降杆,"那管电梯的男孩不客气地说。

"你别乱说,"麦基先生神气十足地说,"我哪里碰到了?"

"好啊,"我说,"我很愿意的。"

……我站在他的床边,而他坐在被窝里,穿着内衣,手里捧着一本大相册。

"美女与野兽……寂寞……拉货的老马……布鲁克林大桥……"

然后我半睡半醒地躺在宾夕法尼亚火车站寒冷的地下候车室里,直盯着早晨刚出版的《纽约论坛报》出神,呆呆地等待那班四点的火车。

第三章

那年夏天,我邻居的房子常常在夜里传来音乐声。那蓝色的花园里,许多男男女女飞蛾似的在呢喃、香槟和星辰之间走来走去。午后涨潮时分,我看见那些客人有的纷纷从水上的木架跳进水里,有的在炙热的沙滩上晒太阳,两艘汽艇拖着滑水板在港湾里逡巡,激起两道白浪。每逢周末,他的劳斯莱斯变成穿梭巴士,从早晨九点到三更半夜,不停地往来市区接送客人,而他的旅行轿车则像敏捷的黄色甲虫般,蹦蹦跳跳地去接所有到站的火车。到了星期一,八个佣人,包括一个临时请来帮忙的园丁,会用抹布、板刷、铁锤和园艺剪来收拾前一晚的残局。

每到星期五,纽约某家水果店会送来五筐橙子和柠檬;这些柠檬会被切成两半,取出果肉,剩下的果皮在每个星期一早上成堆地从他家后门离开。盖茨比家厨房有台机器,管家只要用拇指把一个小小的按钮揿两百下,就能在半个小时内榨出两百杯果汁。

每两周至少一次,会有大批包办宴席的人从城里赶过来;他们带着几百英尺的帆布和足够多的彩色灯泡，把盖茨比家巨大的花园打扮得像圣诞树那样灯火辉煌。花园里有许多自助餐桌，摆满各种餐前小菜，五香火腿紧挨着奇形怪状的色拉，更有金黄色的烤乳猪和烤火鸡。大厅里搭起了真正的吧台，有架脚的铜杆那种。吧台备有各种金酒和烈酒，还有许多种早已绝迹的果酒，而来的女客大多数太过年轻，都分不清哪种是哪种。

到了晚上七点，管弦乐团已经抵达，不是那种五人小乐队，而是正式的乐团，双簧管、长号、萨克斯管、小提琴、短号、短笛、低音鼓和高音鼓，样样齐备。在海里游泳的宾客都已从沙滩进来，正在楼上换衣服；纽约来的轿车停了整整五排，而各处走廊、客厅和阳台站满了明艳的女宾，她们穿着五颜六色的衣服，顶着稀奇古怪的发型，披着卡斯蒂利亚[1]人做梦也想不到的纱巾。吧台忙个不停，诸多盛放着鸡尾酒的托盘飞也似的飘到外面的花园。花园里充满了笑语和欢声、毫不经意的寒暄和转身即忘的介绍，还有彼此不知姓名的女人之间热烈的攀谈。

大地蹒跚地远离太阳，于是电灯变得更加明亮，现在管弦乐团演奏着黄色的鸡尾酒曲目，众声交汇的歌剧提高了一个音调。随着时间的流逝，笑声越来越容易响起，大量地流溢着，一句欢乐的话就能让它倾泻而出。各组人群的变化也更快了，忽而由于

---

[1] 卡斯蒂利亚是古代西班牙王国，用以代指西班牙。西班牙的纱巾在二十世纪二十年代的美国妇女中很受欢迎。

有新的人加入而膨胀，忽而又散开并随即重新组合。有些自信的女孩左右逢源地在几堆较为固定的人群中穿来插去，在不停变幻的灯光下，她们忽而成为某组谈笑风生的人群的中心，忽而又意气风发地移步到激烈变化的面孔、声音和颜色之间。

忽然间，这些交际花中有个珠光宝气的少女，不知道从哪里抓过一杯鸡尾酒，一口喝下去壮胆，双手像弗里斯科[1]那样乱摆，独自在帆布铺就的舞池里起舞。花园里霎时安静下来，乐团指挥殷勤地为她改变了节奏，众人纷纷交头接耳地传递着谣言，把她当成吉尔达·格雷在《愚人列传》[2]中的替角。宴会开始了。

那是我第一次去盖茨比家。我相信那天晚上真正受邀请的人不多，而我是其中之一。很多人没有接到邀请——但不请自来。他们坐上从城里开往长岛的汽车，也不知道怎么就来到盖茨比门口。到了这里，总有认识盖茨比的人给他们引见。介绍过后他们就可以随意走动了，像是走进了游乐园似的。有时候他们从来到走都没有见过盖茨比，似乎是认为一颗渴望参加宴会的心就足以充当门票了。

我是真正受到邀请的。那个星期六早晨，有个穿着罗宾蛋

1　即乔伊·弗里斯科（Joe Frisco，1889–1958），1918年在纽约初次登台，随后大获成功，是美国歌舞杂耍表演的代表人物之一，以狂乱滑稽的舞蹈著称。

2　《愚人列传》（*Follies*）是1907年至1931年在纽约百老汇上演的系列音乐剧。吉尔达·格雷是波兰裔舞蹈演员，曾在1922年出演该剧。

蓝色[1]制服的司机踏过我的草坪，送来他主人写的一张让我大感意外的字条。字条上大概写着，如果我晚上愿意参加他的"寒酸宴会"，盖茨比家将会蓬荜生辉。又说他见过我几次，早就想来拜访，但时机总是不凑巧——落款是"杰伊·盖茨比"，笔迹很漂亮。

晚上七点过后，我穿上白色的法兰绒便装，相当不舒服地在忽聚忽散的陌生人流中晃来晃去——不过我时不时能看到几张曾在来往纽约的火车上见过的脸。我很快发现，人群中散落着许多年轻的英国人，他们全都穿得很整齐，全都带着渴望的表情，全都在用轻微而热切的声音和殷实富裕的美国人交谈。我敢说他们是在推销什么东西，不是债券就是保险，要么是汽车。反正他们苦恼地认识到，眼前就有轻松赚钱的机会，只要几句话说得投机，大把的钱就会落进他们的口袋。

到了之后，我立刻想要找到主人；我向两三个人问他在哪里，但他们用很惊奇的眼神看着我，忙不迭地说根本不知道他的行踪，所以我偷偷地朝鸡尾酒桌走去——单身的男人唯有在这个地方才不会显得无聊和孤独。

穷极无聊的我正准备喝个酩酊大醉，这时乔丹·贝克从屋子里走出来，站在大理石台阶的上端，头部微微后仰，轻蔑而好奇地俯视着花园。

1　罗宾蛋即知更鸟的蛋，是淡蓝色的。

不管是否受欢迎，我觉得有必要找个人来攀谈，否则我恐怕就要跟从身边走过的陌生人搭讪了。

"你好啊！"我大声地说，朝她走过去。我的声音似乎非同凡响地穿过了花园。

"我刚才想你或许会来，"看到我走上前，她心不在焉地说，"我记得你住在隔壁……"

她不动声色地握住我的手，表示她过会儿再搭理我，然后扭头去看两个穿着相同黄色裙子的女孩，她们在台阶下面站住了。

"你好，"她们齐声说，"可惜你没赢呀。"

她们指的是高尔夫球大奖赛。她在上个星期的决赛中输掉了。

"你不认识我们，"其中一个黄裙女孩说，"但我们上个月在这里见过你。"

"你后来染头发了吧，"乔丹说，我把手抽出来，但那两个女孩已经漫不经心地走开，于是她这句话显得像是对早升的月亮说的——这月亮无疑跟晚餐一样，也是由包办宴席的人制造的。乔丹金黄色的长臂挽着我的手，我们走下台阶，在花园里漫步。一盘鸡尾酒穿过夜色向我们飘来，我们找了张桌子坐下，同桌的是那两个黄裙女孩和三个男人，听介绍，他们的姓名都是"叽里咕噜先生"。

"你常来这里参加宴会吗？"乔丹问她身边的女孩。

"上次我来就是遇到你那次呀，"那女孩回答说，听起来显得机灵又自信。她扭头问她的同伴："你不也是吗，露西尔？"

露西尔也是。

"我喜欢来这里，"露西尔说，"我这人要求不高，所以每次来都玩得很开心。上次我的晚礼服被椅子钩破了，他问了我的名字和地址——不到一个星期，我就收到科洛耶成衣店寄来的包裹，里面是一件新的晚礼服。"

"那你收下了吗？"乔丹问。

"当然啊。今晚我本来想穿它的，可是它的胸口太大，得改改才能穿。它是浅蓝色的，缀着紫色的珠子。要卖两百六十五美元呢。"

"这家伙真有意思，居然会做这样的事情，"另外那女孩感慨说，"他什么人都不想得罪。"

"他是谁？"我问。

"盖茨比呀。有人跟我说……"

那两个女孩和乔丹凑到一起窃窃私语。

"有人跟我说，他们认为他曾经杀过人。"

我们大家都感到不寒而栗。三位"叽里咕噜先生"身体向前靠，热切地想听个究竟。

"我倒认为不是这么回事，"露西尔将信将疑地说，"他更可能是战争期间的德国间谍。"

有个男的点头表示赞同。

"这我听人说过，那人对他很了解，是跟他在德国一起长大的，"他言之凿凿地向我们保证。

"哎呀，不是啦，"第一个女孩说，"不可能是这样的，因为战争期间，他是在美国陆军服役的。"看到我们又倾向于相信她，她兴致勃勃地凑向前说："有时候你看他不经意流露的神态。我敢打赌他肯定杀过人。"

她眯起眼睛，打了个寒战。露西尔也浑身激灵。我们大家都扭过头，想看看盖茨比在哪里。连这些平时说话谈天百无禁忌的人在提到他时都需要交头接耳，可见笼罩在他身上的神秘色彩有多么罗曼蒂克了。

第一次晚餐——午夜过后会有第二次——已经开动，乔丹邀请我和她坐到一块，那桌子在花园的另外一边。同桌的是三对夫妻和陪乔丹前来的男伴，这人是个言语无味的大学生，说起话来总是拐弯抹角、含沙射影，一副自以为乔丹迟早会委身于他的神气。这些人倒也不随意走动，不约而同地保持了矜持的姿态，并自认为他们代表着老成持重的乡绅贵族——从东卵屈尊光临西卵，谨慎地抵制这里光怪陆离的娱乐。

无谓地浪费了格格不入的半小时之后，乔丹低声说："我们走吧，我觉得这里太客套了。"

于是我们站起来，她解释说，我们要去找主人：我从来没见过他，她说，这让我很不好意思。大学生点点头，表情像是无所谓，又有点郁闷。

我们先到吧台去，那里人满为患，但见不到盖茨比。乔丹站在台阶上面没看见他，他也不在阳台上。我们试探着推开一扇看上去很重要的门,走进去才发现原来是个哥特式的书房,里面的摆设都是精雕细琢的英格兰橡木家具,很可能是从国外某个古堡整套运过来的。

有个矮胖的中年男子戴着巨大的猫头鹰式眼镜,醉态可掬地坐在一张大书桌边缘,眼光闪烁地盯着几个书架。听到我们走进去,他兴奋地转过身来,从头到脚地打量着乔丹。

"你觉得怎么样?"他唐突地问。

"什么怎么样?"

他的手朝那些书架一摆。

"这些啊。其实你不必细看了,我已经仔细查看过,都是真的。"

"这些书吗?"

他点点头。

"绝对是真的——里面有纸有字的。我原本以为它们是漂亮的假书。可实际上,它们绝对是真的。有纸有……这里!我翻给你们看。"

他想当然地以为我们也不相信,冲到书架旁边,走回来时手里拿着《斯托达德讲演集·第一卷》[1]。

---

1 斯托达德即约翰·劳森·斯托达德(John Lawson Stoddard,1850–1931),美国作家和演说家。他自1874年起开始环游世界,回美国后在各地宣讲他的经历,最终结集出版了十五卷本的《斯托达德讲演集》。第一卷讲述的是他在挪威、瑞士、希腊和意大利的见闻。

"看!"他得意地大喊,"这是如假包换的印刷品啊。它把我唬住了。这家伙简直是毕拉斯科[1]。太成功了!太仔细了!多么逼真啊!而且也没有装得太过分——这些书页还没有裁开。但你想怎么样?你还有什么好说的呢?"

他把书从我手里抢回去,匆忙把它放回书架上,嘴里叽里咕噜地说,假如挪走一块砖头,整个书房就会倒塌。

"谁带你们来的?"他质问说,"或者你们是不请自来的?我是有人带的。大多数人都有人带。"

乔丹清醒而欢乐地看着他,没有搭话。

"带我来的那个女人姓罗斯福,"他继续说,"克劳德·罗斯福太太。你们认识她吗?昨晚我不知道在哪里遇见她。我醉了个把星期啦,我想坐在书房里也许能让我清醒一点。"

"那你清醒了吗?"

"有一点吧,我觉得。我说不出来。我到这里才一个小时。我跟你们说过这些书吗?它们是真的。它们……"

"你跟我们说过了。"

我们一本正经地和他握手,然后回到外边。

花园里帆布铺成的舞池上已经有人在跳舞。有些糟老头子

---

[1] 即戴维·毕拉斯科(David Belasco,1853-1931),美国著名的戏剧制作人、导演和编剧,以提倡自然主义的戏剧表演著称,他强调舞台背景和情节的搭配必须是自然的,与现实相符的。比如在他制作的《总督的情妇》中,他把真正的厨房搬上了舞台,让演员在表演时真的在舞台上进行烹饪。

推着妙龄少女往后退,永无休止地绕着难看的圈圈;有些神气的男女紧紧相拥,躲在角落里踏着时髦的舞步——还有许多单身女郎,有的独自翩跹起舞,有的则在乐团挑起弹奏五弦琴或敲击鼓钹的重任。到了午夜时分,大家的兴致更加高涨。有位著名的男高音先演唱了意大利歌曲,然后有个声名狼藉的女低音唱了爵士乐;而在两个节目之间,花园里到处都有人在表演"绝技",阵阵欢乐而空洞的笑声响彻夏夜的天空。另外有两个少女——原来就是那两个黄裙女孩——穿着戏服,表演了一出简单的剧目。香槟装在玻璃杯里被端出来,那些杯子比洗手指的碗还要大。月亮升得更高了,海湾里漂浮着天秤座三颗银色的星星,随着草坪上五弦琴清脆细密的琴音轻轻地颤动。

我仍在乔丹·贝克身边。我们那张桌子还坐着一个年纪和我相若的男子,一个举止粗鲁的少女,她动不动就笑得前俯后仰。现在我也玩得挺开心了。我已经喝下两大杯香槟,眼前的景象早已变成一幅颇具哲学意味的复杂图画。

娱乐节目暂时停止了,那人看着我,露出了微笑。

"你看起来很面善,"他礼貌地说,"打仗时你是在第一师吧?"

"是啊。当时我在第二十八步兵团。"

"我在第十六步兵团待到1918年。我就知道我以前肯定在什么地方见过你。"

我们倾谈了片刻,聊起法国那些灰暗多雨的小村庄。他显然住在附近,因为他跟我说他刚买了一架水上飞机[1],准备明天早上去试开。

"老兄,你想跟我去吗?就在海湾沿岸转转。"

"什么时候?"

"看你方便咯。"

我正准备问他尊姓大名,这时乔丹转过头来,微微一笑。

"现在你高兴了吧?"她问。

"好多啦。"我扭头看着我的新交。"对我来说,这宴会有点特别。我到现在还没见过主人呢,我住在那边……"我伸手指着远处那消失在夜色里的篱笆,"这个姓盖茨比的早上派他的司机过去邀请我。"

他朝我看了一会,脸上满是不解的神色。

"我就是盖茨比,"他突然说。

"什么!"我惊叫起来,"对不起啊。"

"老兄,我还以为你认识我呢。看来我这个主人做得不够好。"

他善解人意地笑了——不仅是善解人意。它是那种很罕见、让你心里非常舒坦的笑容,你一辈子或许只能遇到四五次。它是专门为你准备的,好像芸芸众生之中,只有你让他感到不由自主

---

[1] 在二十世纪二十年代,英语中的水上飞机(hydroplane)既可以指真正的水上飞机,也可以指汽艇。

地喜欢。这笑容表示他完全理解你，绝对相信你，他对你的印象恰恰是你最乐意给人留下的。就在此时，它消失了——于是我看到的不过是一个表现得很有风度的粗俗汉子，三十一二岁的样子，谈吐客套得简直有点可笑。在他自我介绍之前，我已经强烈地感觉到他说话时选词用字特别谨慎。

盖茨比先生刚刚揭示了自己的身份，他的管家就匆匆走过来，说芝加哥有人打电话来找他。他站起来告辞，朝我们三个微微欠身。

"你想要什么尽管开口，老兄，"他殷勤地说，"对不起啦。我等会儿再来找你。"

他走了之后，我立刻转身看着乔丹——我迫不及待地要向她表达我的惊讶。我原本以为盖茨比先生是个油光满面、猪头猪脑的中年人。

"他是什么人？"我急切地问，"你知道吗？"

"他不就是盖茨比嘛。"

"我想问的是，他从哪里来？他是干什么的？"

"你怎么也八卦起这个来了，"她娇慵地笑着说，"他曾经跟我说他念过牛津大学。"

我开始对他的出身有了模糊的了解，但她随后那句话又打消了我的猜测。

"可是我不信他的话。"

"为什么呢？"

"不知道呀,"她固执地说,"我就是觉得他没去过那里。"

她的口气有点像刚才说"我认为他杀过人"的那女孩,这也激起了我的好奇心。你说盖茨比来自路易斯安那的沼泽地区也好,哪怕说他来自纽约的下东区也好,我是绝对相信的。那是情理之所有。但要是说一个年轻人在长岛海湾买下宫殿般的豪宅,却没有人知道他的来历,那至少在我这个见识浅陋的乡下人看来,绝对是情理之所无。

"反正他喜欢举办大型的宴会,"乔丹转移了话题,她是城里人,讨厌谈论具体问题,"而我又喜欢大型的宴会,多么自在呀。小型的聚会片刻不得清净。"

鼓声响起,乐团指挥的声音突然盖过了花园里的嘈杂。

"各位来宾,"他大声说,"应盖茨比先生之请,我们将为各位演奏弗拉基米尔·陀斯托夫[1]的最新作品,五月份在卡内基音乐厅引起许多关注那首。如果看过报纸,你们会知道它确实很轰动。"他高兴地笑着,带着倨傲的神气,补充说道:"真的是轰动一时呀!"话音一落,大家都哈哈大笑。

"这首曲子很著名,"他中气十足地说,"名字叫做《弗拉基米尔·陀斯托夫的爵士世界史》。"

我无心欣赏陀斯托夫先生的杰作,因为就在它响起的刹那

---

[1] 这是个菲兹杰拉德虚构的人物,下面提到的作品《爵士世界史》也是虚构的。

间，我看见了盖茨比，他独自站在大理石台阶之上，用赞许的眼光扫视花园里的人群。他那晒得泛黄的皮肤在英俊的脸上绷得很紧，头发短得像是每天都有修剪。我看不出他有任何邪气。我不知道是不是因为他滴酒不沾的缘故，反正他跟他的客人截然不同；我觉得大家玩得越是疯癫，他就显得越是庄重。等到《爵士世界史》一曲终了，有些女孩像哈巴狗似的，甜蜜地把头依偎在男人的肩膀上，有些女孩则高高兴兴地认准某些男人的怀抱倒下去，或者干脆倒进人群里，反正肯定会有人把她们扶住——但没有人倒在盖茨比怀里，没有法式波波头靠住盖茨比的肩膀，也没有人来拉盖茨比去跟他们载歌载舞。

"打扰了。"

盖茨比的管家突然站在我们旁边。

"是贝克小姐吧？"他问，"打扰您了，盖茨比先生想单独跟您谈谈。"

"跟我？"她惊奇地叫了起来。

"是的，小姐。"

她慢慢站起身，朝我扬扬眉头，表示很吃惊，然后随着管家走进屋里。我发现她穿晚礼服，无论什么衣服，都像穿运动服——她的动作很敏捷，好像她从小就是每天早晨在空气清新的高尔夫球场上学走路似的。

我又变得孤家寡人，而且将近两点了。露台上方那间有着一长排窗户的房间传出阵阵乱七八糟而又引人遐想的声音。陪乔丹来的那大学生正在跟两个合唱团的女孩大谈生孩子的事情,他央求我指点一二,我避之唯恐不及,赶紧走进屋内。

大客厅里全是人。两个黄裙女孩中的一个正在弹奏钢琴,在她身边站着的是一位高个子红发少妇,来自某个著名的合唱团,正在放声歌唱。她已经豪饮很多香槟,唱着唱着忽然伤心欲绝——她不仅是在唱歌,她还在哭泣。唱到停顿之处,她失声痛哭,然后再次用颤巍巍的女高音接上歌词。泪水沿着她的脸颊滚滚而下——然而并非畅通无阻,因为泪水碰到画得很浓的睫毛之后就变成了墨水,宛如两道黑色的小溪,慢慢地往下流完剩余的旅程。有人开玩笑地建议她唱脸上的音符,她听见之后双手往上一摆,瘫坐在椅子里,醉醺醺地睡着了。

"她刚才和一个自称是她丈夫的人吵架了,"我身边有个女孩解释说。

我看看四周。大多数尚未告辞的妇女正在跟她们所谓的丈夫吵架。甚至连乔丹那伙人,那两对从东卵来的夫妇,也产生了分歧。其中有个男的色迷迷地和一个年轻的女演员聊天,他老婆开始还顾着脸面,装出满不在乎的样子,后来实在受不了,于是开始旁敲侧击——时不时突然贴到她丈夫身旁,像愤怒的毒蛇般,在他耳边嘶嘶地说:"你答应过我的!"

迟迟不愿归去的不只是心怀不轨的男宾。这时门厅里站着两个清醒的可怜男人,以及他们极其愤慨的妻子。两位太太正在彼此表示同情,她们的声音稍微有点高。

"每当我玩得很高兴,他就闹着要回家。"

"我这辈子从来没听说过这么自私的事情。"

"我们总是最早离开的。"

"我们也是啊。"

"好啦,今晚我们几乎是最晚离开的了,"有个男人说,口气温驯得像绵羊,"乐团半个小时前就离开啦。"

尽管太太们认为现在就走简直是胡作非为,这场纠纷终于在短暂的缠斗中结束了,两位双脚乱踢的太太被抱进了黑夜。

我在门厅等佣人把我的帽子拿来,这时书房的门打开,乔丹·贝克和盖茨比一起走了出来。他还在跟乔丹说话,但他恳切的神情随即变得很客套,因为有几个人走过去跟他道别。

那几个东卵来的人在门廊不耐烦地招呼乔丹,但她留下来跟我握手。

"我刚刚听说了最离奇的事情,"她低声说,"我们在那边待了多久?"

"大概一个小时吧。"

"实在是太……太离奇了,"她魂不守舍地重复说,"我刚才发誓不说出来的,但现在我又在逗你。"她优雅地在我面前打了个哈欠。"有空来看看我呀……电话黄页……西格尔尼·霍华德太太的名字下面……是我姑妈……"她边说边匆忙走开——她那棕色的手干净利落地挥了一下跟我告别,然后在门口跟那几个人会合了。

第一次来做客就待到这么晚,我觉得怪不好意思的,所以效仿最后那批客人,走到盖茨比身边去。我解释说当晚早些时候我找过他,并为在花园里没认出他而道歉。

"别提啦,"他诚恳地吩咐我,"别放在心上,老兄。"除了嘴上套近乎,他的手也很亲热地拍拍我的肩膀,要我放心。"别忘了我们明天早上要去试乘水上飞机,就在九点。"

接着管家出现在他身后。

"老爷,费城有电话找你。"

"好的,马上就来。告诉他们我马上就来……晚安。"

"晚安。"

"晚安,"他笑着说——突然间我觉得他很高兴看到我这么晚才走,似乎这正是他一直所希望看到的。"晚安,老兄……晚安。"

但走下台阶时,我发现今晚曲虽已终,人却未散。大门口五十英尺开外,十几个车头灯照亮了一个古怪而混乱的场面。路边的水沟里,有辆两分钟前才从盖茨比家驶出的新车左边陷了下去,轮胎也掉了一个。导致轮胎脱落的罪魁祸首是围墙突出的一块石头,这时有五八个好奇的司机在现场指指点点。可是他们留下的车把路堵住了,那些被挡在后面的车辆响起了此起彼伏的喇叭声,让整个场面变得更加混乱。

有个穿着长风衣的人从事故车辆下来,站在马路中央,从轿车看到轮胎,从轮胎看到旁观者,一副既觉得好玩又大惑不解的表情。

"看!"他解释说,"我刚才掉进水沟了。"

看来这件事让他感到无限的惊奇,我先是认出了这大惊小怪的口气,然后认出了这个人——原来就是刚才在盖茨比书房遇到的那位仁兄。

"怎么会这样?"

他耸了耸肩膀。

"机械方面我真是一窍不通,"他斩钉截铁地说。

"但是怎么出事的呢?你撞上围墙了吗?"

"别问我,"猫头鹰眼镜先生说,把责任推得干干净净,"我不懂开车——完全不懂。反正发生事故了,我只知道这么多。"

"既然你技术不行,就不应该在夜里学开车。"

"但我没有学过,"他愤愤不平地解释说,"我根本没有学过。"

旁观者震惊得安静了下来。

"你想找死吗?"

"幸好只是掉了个车轮!开得这么烂,还不去学!"

"你们不知道的啦,"这罪人说,"开车的人不是我。车里还有个人。"

听了这句话,大家感到更为震惊,纷纷地发出"啊!"的声音。这时那辆车的车门慢慢地打开了。围观的人群——这时围过来的人已经很多——情不自禁地后退了几步,车门打开后静悄悄的毫无动静。然后非常缓慢地,一点一点地,有个脸色苍白、摇摇晃晃的人从出事的车里伸出脚来,犹疑不定地用那只巨大的舞鞋试探地踩了几下地面。

这个幽灵被明亮的车灯照得睁不开眼,又被持续不断的喇叭声吵得稀里糊涂,他颤巍巍地站了片刻,方始认出那个穿长风衣的人。

"怎么回事?"他镇定地问,"我们没油了吗?"

"看!"

五六根手指指着那脱落的车轮——他盯着车轮看了一会儿,然后抬头向上看,似乎在怀疑车轮是从天上掉下来的。

"车轮掉了,"有人解释说。

他点点头。

"刚开始我还没发现车停了呢。"

隔了片刻,他深深地吸一口气,挺起胸膛,终于做出决定似的说:"请问哪里有加油站?"

至少有十来个人——有几个比他清醒不了多少——争先恐后地对他说,车轮和车身已经没有任何实质性的联系了。

"倒车,"他沉默一会儿之后提议,"挂倒车挡。"

"但车轮掉了!"

他迟疑着。

"试试也无妨嘛,"他说。

刺耳的喇叭声越来越响,我转过身,穿过草坪走回家。我回头望了一眼。圆圆的月亮照耀着盖茨比的豪宅，使夜色美好得如同往常。他的花园里仍是灯火辉煌，但欢声笑语已消逝，唯有明月依旧在。一阵突如其来的空虚仿佛正从那些窗户和房门流溢而出，让主人的身影益发显得孤独：此际他独自站在门廊上，举手摆出依依惜别的姿势。

翻读前面写下的文字，我发现我给人一种印象，好像除了在三个相隔数周的夜晚参加这些活动，我整天无所事事似的。事实恰好相反，那年夏天我很忙，这些只是无关紧要的活动，而且随后很长一段时间里，我耗在私事上的时间，远远比参加这些活动要多。

大多数时间我在工作。每日清晨，我背对太阳，踏着自己的影子，在纽约下城诸多摩天大楼之间匆匆走向正诚信托。我和公司里其他文员及年轻的债券销售员混得很熟，到了中午，我跟他们去那些阴暗拥挤的小饭店，买点猪肉肠、土豆泥和咖啡当午饭。我甚至和某个姑娘有过短暂的交往，她住在泽西城[1]，是会计部的职员。但她哥哥后来总是给我脸色看，所以七月份她去度假时，我就趁机结束了这段关系。

晚饭我通常是在耶鲁俱乐部[2]吃的——不知道怎么回事，我

1　纽约附近城市，在新泽西州哈德逊郡。
2　位于范德比尔大道和第四十四街交界的地方，楼高二十二层，只有耶鲁大学、弗吉尼亚大学和达特茅斯学院的校友和教工能受到接待。

觉得这是每天最凄凉的活动。饭后我会去楼上的资料室,聚精会神地研究一小时的投资和证券。俱乐部里往往会有几个吵闹的人,但他们从不进资料室,所以那里是学习的好地方。自修后,如果夜色美好,我会沿着麦迪逊大道散步,经过古老的穆雷山酒店,再沿着第三十三街走到宾夕法尼亚火车站。

我渐渐喜欢上纽约,这里的夜晚别有活力十足而引人入胜的情调,摩肩接踵的红男绿女和川流不息的往来车辆让人感到目不暇接和心满意足。我喜欢沿着第五大道朝北走,从人潮中挑选出罗曼蒂克的女人,幻想再过几分钟我就要进入她们的生活,没有人会知道或指责我想入非非。有时候,我在脑海里尾随着她们,跟到她们位于某个阴暗街角的公寓,她们转过头来,朝我嫣然一笑,然后走进门,消失在温暖的黑暗里。这大都会的黄昏很迷人,可我偶尔会有挥之不去的孤寂,每当看见那些囊中羞涩的年轻职员在商店橱窗之前徜徉,挨到晚饭时间形影相吊地去餐厅填肚子,我知道他们也深有同感——我们这些薄暮中的年轻职员啊,正在虚度一生中最灿烂的年华、一夜中最美好的时辰。

到了晚上八点,第四十几街那边灯光昏黄,开向戏院区[1]的出租车突突地响着,把五车道的马路挤得水泄不通,这时我的心会再次感到怅惘。出租车停下时,车窗里人影依偎,歌声飘荡,

---

1 纽约曼哈顿城区,大多数百老汇戏院聚集之地,在第四十街和第五十四街之间,东西以第八大道和第六大道为界。

听不见的谑词引起了笑声,被点燃的香烟划出细小的圆圈。我幻想我也匆匆赶去寻欢作乐,分享这种恋人密友间的兴奋。我暗暗地为他们祝福。

我很久没有见到乔丹·贝克,然后到了盛夏我又与她相遇。起初我为有幸和她出双入对而感到飘飘然,因为她拿过高尔夫球赛冠军,每个人都知道她的大名。后来我的感情发生了变化。其实我没有爱上她,但对她有种温柔的好奇。她摆给世人看的那张厌世而骄傲的面孔隐藏着某种东西——大多数装腔作势最终都隐藏着什么,哪怕它们起初并不如此——后来我发现那种东西是什么了。那天我们北上瓦维克[1],去参加某个家庭宴会,她借了一辆敞篷车,停车时没将车篷升起,车被雨淋湿了,但后来她说了谎话——于是我突然忆起那夜我在黛熙家想不起来的故事。她第一次参加高尔夫球大奖赛就发生了一件差点闹上报纸的纠纷——有人说她在半决赛时做了手脚,偷偷把球挪到好位置上。这引起了轩然大波——后来却平息了。有个球童收回了他的话,仅有的目击者也承认他有可能看错。但这件事,连同她的名字,都留在我脑海里。

乔丹·贝克本能地避开那些聪明而狡猾的男人,现在我才明白,这是因为她觉得跟那些从不离经叛道的老实人来往比较保险。她不诚实得无可救药。她无法忍受落人下风,我想正是由于

---

[1] 纽约州奥兰治郡小城,在纽约市以北。

这种争强好胜的性格,导致她从小就学会了各种骗人的花招,这样她才能对世人摆出冷漠而倨傲的笑脸,却还能满足她那漂亮结实的身体的各种需求。

我觉得这没什么。女人爱说谎倒也算不上特别严重的缺点——我当时觉得很可惜,后来就忘记了。也是去参加家庭宴会那天,我们就开车的问题有过一段奇怪的对话。我们谈起这个话题,是因为她开车从几个工人身边经过时挨得太近,以致于轮胎上的挡泥板擦到了一个工人外套上的纽扣。

"你的驾驶技术真烂,"我抗议说,"你要么小心点,要么干脆别开车。"

"我很小心的。"

"你很小心才怪。"

"好吧,别人会小心的,"她若无其事地说。

"这跟你开车有什么关系?"

"他们会避开我啊,"她固执地说,"要双方都不小心才会出车祸。"

"假如你遇到某个像你这样不小心的人呢?"

"我希望我永远不要遇到,"她回答说,"我讨厌不小心的人。所以我喜欢你。"

她那双被太阳照得眯起来的灰色眼睛专注地望着前方,但她这句话改变了我们的关系,刹那间,我想我爱上她了。但我是个愚钝的人,内心有许多做人的准则,它们刹住了我的欲望。我知道我首先应该彻底从家乡那段感情纠葛中脱身。我每周寄回几封信，落款写着"爱你的尼克"。关于那个女孩，我没有太多的印象，只记得她每次打完网球，嘴唇上的汗珠看上去很像汗毛。不管怎么说，我们确实有着未经挑明的恋爱关系，我得想办法把它解除了，才可以爱别人。

每个人都怀疑自己身上至少有一种美德，我是这么想的：据我所知，世界上诚实的人不多，而我是其中一个。

第四章

礼拜天早晨,当钟声从沿岸各处村庄的教堂响起,许多名流贤达带着情妇重返盖茨比的别墅,在他的草坪上尽情挥洒着欢乐。

那些年轻的女人喝着他的酒,赏着他的花,同时说:"他是个走私烈酒的。曾经有人打探出他是兴登堡[1]的侄儿,是那个杀人魔王的近亲。他把那人杀了灭口。摘朵玫瑰给我呀,亲爱的,再替我倒点酒,我的水晶杯在那边。"

我曾在一张火车时刻表的空白处写下那年夏天去盖茨比家做客的那些人的名字。这张时刻表现在很破旧了,折叠处就要裂开,上面印着"此表1922年7月5日起生效"。但我依然能看清那些暗淡的名字。和我笼统的介绍相比,这张时刻表能让你更清楚哪些人接受过盖茨比的热情招待,而回赠给他的,却是对他的

---

[1] 即保罗·凡·兴登堡(Paul von Hindenburg, 1847–1934),德国政治家,第一次世界大战期间的德国陆军元帅,1925年至1934年担任魏玛德国总统。

一无所知。

来自东卵的有切斯特·贝克尔夫妇、里奇夫妇，我在耶鲁就认识的一位姓邦森的男子、韦伯斯特·西维特医生，就是去年夏天在缅因州淹死的那位。还有霍恩毕姆夫妇、维利·伏尔泰夫妇，以及布莱巴克全家，这家人总是聚集在角落里，看到外人走近，他们就会像山羊生气那样鼻孔朝天。此外还有伊斯梅夫妇和克里斯蒂夫妇（其实是哈贝特·奥尔巴赫和克里斯蒂先生的太太），以及埃德加·毕弗，后来有人说，他的头发在某个冬日下午毫无原因地变得像棉花那样白。

我记得克拉伦斯·恩迪维也是从东卵来的。他只来过一次，穿着白色的灯笼裤，在花园里和某个姓艾迪的混混打了一架。从长岛更远地方来的有夏德尔夫妇和施雷德夫妇、原籍乔治亚州的斯通瓦尔·杰克逊·亚勃拉姆斯夫妇、费斯贾德夫妇和瑞普利·斯奈尔夫妇。斯奈尔锒铛入狱前三天还在这里，那天他喝得酩酊大醉，倒在碎石车道上，右手被尤利西斯·斯威特太太开的轿车给碾了。但希夫妇也来了，此外还有年近七十的怀特贝特、莫里斯·弗林克、哈默赫德夫妇、烟草进口商贝鲁加，以及贝鲁加的几个女孩。

来自西卵的有珀尔夫妇、穆拉迪夫妇、西希尔·罗巴克、西希尔·肖恩、纽约州参议员顾里克、卓越电影公司的幕后老板牛顿·奥启德、埃克豪斯·科恩和他太太克莱德、唐·施瓦茨二世和亚瑟·麦卡蒂，后面这几个多多少少都算是电影圈的人。还有卡特利普夫妇、本伯格夫妇和艾尔·穆尔东——那个后来杀死自己妻子的穆尔东就是他的亲兄弟。此外还有投资者达方塔诺、埃德·勒格洛斯、"酒鬼"詹姆斯·费雷特、德琼斯夫妇和恩尼斯特·莱利——这些人是来赌钱的，费雷特要是走进花园，那就意味着他输得干干净净，而且第二天联合拖拉机公司的股票将会大起大落，这样他才能把老本捞回来。

有个姓克里普斯普林格的因为去得很频繁，大家都说他是"房客"——我猜他可能真的是无家可归。戏剧界的来宾有古斯·魏兹、贺拉斯·奥多纳万、莱斯特·梅耶、乔治·达克维德和弗朗西斯·布尔。也有从纽约来的客人，比如说克罗姆夫妇、巴克海森夫妇、邓尼克夫妇、拉塞尔·贝迪、柯立甘夫妇、凯勒赫尔夫妇、德瓦兹夫妇、斯卡里夫妇、S.W.贝尔克、斯默克夫妇和年轻的奎因夫妇，他们现在已经离婚，还有亨利·帕尔默托，他后来在时报广场地铁站自寻短见，跳到行驶的火车前面被撞死了。

本尼·麦克伦纳汉每次来都带着四个女孩。虽然每次来的人不尽相同，但这些女孩的打扮大同小异，所以一眼看上去你会觉得她们以前都来过。我记不清她们的芳名了，好像有杰奎琳，或许还有康修拉、格罗迪雅、茱迪、茱恩什么的。她们的姓氏不是悦耳动听的花草名字，就是令人肃然起敬的美国大资本家的尊姓。如果你追着问，她们会承认是某个大人物的亲戚。

除了上面这些人，我还记得福斯蒂娜·奥布莱恩至少来过一次。此外还有贝迪科尔家的几位姑娘、年轻的布勒伊尔（他的鼻子在战争中被子弹打飞了）、奥布鲁克伯格先生和他的未婚妻哈格小姐、阿迪塔·菲兹彼得、曾担任美国退伍军人联合会主席的朱维特先生、克劳迪娅·希普小姐和一个据说是她司机的男子，以及一位皇亲国戚，我们都管他叫公爵，我不知道他的名字，或者原先知道，但现在忘记了。

那年夏天，这些人都去盖茨比的别墅做客。

七月底某天早晨九点，盖茨比的豪华车沿着崎岖的车道驶到我家门口，有三个音调的喇叭发出一阵动听的乐曲。这是他第一次光临寒舍，但我已经两次参加过他的宴会，坐过他的水上飞机，而且还应他恳切的邀请，多次使用他的沙滩。

"早上好，老兄。既然我们说好一起吃午饭，我想我们不如同车进城吧。"

他在挡泥板上稳稳地站着，那姿势显得很轻松，带着美国人特有的潇洒——我觉得可能是因为从小不干重活，也可能是因为热衷于参加各种紧张激烈的体育比赛，美国人的行为举止中自有一种自然大方的风度。但盖茨比身上的潇洒风采常常被局促不安的表现打断。他没有完全静止的时候，要么是脚不停地拍打着地面，要么是手焦躁地张开又合上。

他发现我羡慕地看着他的车。

"很漂亮，对吧，老兄？"他从挡泥板上跳下来，以便让我看得更清楚。"你以前没见过这辆车吗?"

其实我见过。每个人都见过。这辆车是奶黄色的,镀镍的地方闪闪发亮,极长的车身线条非常优美,车里有衣帽箱、食物箱和工具箱,层层叠叠的挡风玻璃反射出十几个太阳。我们坐在绿皮座位上,车厢被几层玻璃隔起来,感觉像坐在温室里,就此启程前往城区。

过去一个月来,我已经跟他聊过大概五六次,让我失望的是,他这人口风很紧。我原本以为他是个神秘的大人物,但这个印象渐渐消退了,现在我觉得他只是某个开在我家隔壁的豪华饭店的大老板。

可是这次同车却让我感到很窘迫。我们的车还没开到西卵村,盖茨比就已经是欲言又止的样子,他的手也犹疑不决地拍打穿着褐色西装裤的膝盖。

"喂,老兄,"他突然打破了沉默,"你到底觉得我这个人怎么样?"

我有点始料未及,于是含糊其词地搪塞了几句。

"好吧,我准备跟你说说我的人生,"他打断我的话头说,"我不希望你听了那些闲话之后对我有误解。"

原来他也知道那些别人在他家里引为谈资的流言蜚语。

"上帝作证,我要对你说真话,"他突然赌咒似的举起了右手,"我是中西部一户有钱人家的儿子,家里人现在都过世了。我长大是在美国,但上学是在牛津,因为许多年来,我的先辈都是在那里受教育的。这是我们家族的传统。"

他说话时瞟了我好几次——于是我明白乔丹·贝克为何会认为他是在说谎。说到"上学是在牛津"时,他含糊其词地支吾过去,好像是觉得有点说不出口。由于这点让我起疑,他说的话我都不信了,我甚至于怀疑他这人到底是有点邪门的。

"中西部什么地方啊?"我漫不经心地问。

"旧金山。"

"原来是这样。"

"我的家人都死了,我继承了大笔财富。"

他的语气很沉重,仿佛整个家族的突然消失迄今仍让他心痛不已。刹那间我怀疑他是不是在跟我开玩笑,但看了他一眼之后,我又觉得不像。

"起初我像年轻的印度王子般生活在欧洲各国的首都,就像巴黎、威尼斯[1]、维也纳啦,成天就是收集珠宝,主要是红宝石,猎杀凶猛的动物,自娱自乐地绘几幅小画,试图借此来忘记一件不久之前发生在我身上的伤心事。"

我费了好大力气,强行抑制住笑声。他说的谎话未免也太老套了,让我忍不住想起一幅滑稽的画面:有个戴着白头巾的印度"阿三",像木偶戏里的小丑,在布洛涅森林[2]追逐着老虎。

---

[1] 威尼斯是意大利城市,但不是首都。所以下面尼克会怀疑盖茨比说的这番话。

[2] 布洛涅森林位于法国巴黎城西部的森林,以风景秀美闻名。

"然后就是打仗了,老兄。这对我来说是很大的解脱,我费尽心机想干脆死了算了,但我这条小命似乎有神仙保佑。战争开始时,我接受了中尉的任命。在阿贡森林战役[1]中,我率领机枪连的残部,勇猛地向前突击,距离敌人只有半英里之遥,而我方的步兵在我们身后半英里便寸步难行。我们在那里激战了两天两夜,一百三十个人,十六架刘易斯机枪,战斗结束后,我方的步兵终于能跟过来了,他们在堆积如山的德军尸体中发现了三个师的旗帜。我的军衔升为少校,每个同盟军政府都给我颁发了军功章——甚至包括黑山,就是亚德里亚海边上那个小小的黑山!"

小小的黑山!说到这几个字时,他提高了音量,还点点头——带着微笑。这笑容似乎表示他理解黑山多灾多难的历史,同情黑山人民英勇不屈的奋斗,也十分感激这个蕞尔小国热情地给他嘉奖。这时我的疑心已经被惊奇取代,感觉就像正在匆匆翻阅十几本杂志一样。

他把手伸进口袋,掏出一块系着绳子的金属牌,把它放到我手里。

"这就是黑山给我发的那块。"

我吃惊地发现这东西看上去竟然像真的。这圆牌上用斯拉夫文写着:"丹尼罗勋章,黑山国王尼古拉斯。"

---

[1] 阿贡森林位于法国东北部,1920年9月,美军在这里对德国发起了猛烈的进攻,双方伤亡惨重。

"翻过来。"

"献给英勇非凡的,"我念出上面的文字,"杰伊·盖茨比少校。"

"还有件玩意也是我随身带着的。我在牛津上学时的纪念品。是在三一学院拍的——我左边那个人现在是唐卡斯特伯爵。"

那张照片上有五六个年轻人,穿着光鲜的校服,站在拱廊下面,拱廊之后可以见到许多哥特式建筑的塔尖。里面有个人就是盖茨比,看上去比现在稍微年轻一点点——手里拿着一只板球拍。

原来这都是真的。我看见他在威尼斯大运河畔有座宫殿,里面挂着许多五彩斑斓的老虎皮;我看见他打开满满的珠宝箱,用明艳夺目的红宝石来抚慰他那颗破碎痛苦的心。

"今天我要请你帮个大忙,"他说着心满意足地把两件纪念品装回口袋,"所以我觉得你应该对我有所了解。我不希望你认为我只是个无名小卒。你知道吗,我喜欢招待陌生人,是因为我想要在迎来送往中忘记我的伤心事。"他犹疑了片刻,"今天下午你会听说这件事的。"

"吃午饭的时候吗?"

"不,要到下午。我碰巧知道你下午要跟贝克小姐去喝茶。"

"你是说你爱上贝克小姐了吗?"

"没有啦,老兄,我没有。但贝克小姐人很好,愿意跟你谈谈这件事。"

我完全不知道"这件事"会是什么，但我没有兴趣，而是感到很恼火。我请乔丹喝茶，可不是为了讨论杰伊·盖茨比先生的事情。我敢肯定他要请我做的是非常离谱的事情，刹那间，我真后悔当初踏足过他那人满为患的草坪。

他再也没有说话。离城区越近，他就显得越是矜持。我们驶过罗斯福港，在那里警见许多涂着红腰线的远洋巨轮；又穿过一处贫民窟，碎石路两边是许多二十世纪初就有的酒馆，虽然仍有客人，但镀金年代[1]的繁华已经褪尽。接着垃圾场在马路两边展开，路过威尔逊先生的汽修厂时，我警见他太太气喘吁吁，卖力地抽动着加油泵。

轿车两边的挡泥板就像张开的翅膀，而我们就像撒播光明的天使，飞也似的开过半个阿斯陀利亚[2]——只是半个而已，因为正当我们在高架铁路的支柱间前行，我听到一阵"突、突、突"的熟悉声响，有个气急败坏的警察骑着摩托车驶到我们旁边。

"没问题，老兄，"盖茨比大声说。我们把车停下来。他从钱包里取出一张白色的卡片，在警察眼前晃了晃。

"原来是您，"警察摘下帽子敬了个礼，毕恭毕敬地说，

1　美国在内战之后到十九世纪晚期这段时间，经济和人口迅速发展，史称镀金年代。这个名称来自马克·吐温和查尔斯·达德利·华纳合著的小说《镀金年代》。

2　阿斯陀利亚（Astoria）是一个位于纽约市东北角的城区，隶属于皇后区。

"下回认得您啦,盖茨比先生。这次真对不起!"

"你给他看什么?"我问,"那张牛津的照片吗?"

"我曾经帮过警察局长的忙,他每年都给我寄圣诞贺卡。"

我们驶上大桥,但见阳光穿过钢架,在川流不息的车辆上照耀出一道闪烁的光线,而纽约在对岸高高耸立,那座座白色的大厦和糖块般低矮的楼房,尽是人们用没有铜臭的钱发愿盖起来的。从皇后区大桥望去,这座城市总是那么新奇,依然如初见那样,充满了人世间所有的神秘和美丽。

有个死人躺在堆满鲜花的灵车中超过我们,后面跟着两辆拉起了窗帘的轿车,再后面那几辆车看上去没那么肃穆,载着的应该是死者的朋友。那些朋友看着我们,眼里充满了悲伤,他们的上唇很短,看上去像东南欧人。他们在出殡的日子居然有幸目睹盖茨比这辆豪华的轿车,我真替他们高兴。我们驶过黑井岛时,有辆轿车超过了我们,开车的司机是白人,车里坐着三个打扮时髦的黑人,两男一女。看到那些家伙不以为然地朝我们翻白眼,我不由哈哈大笑。

"过了这座桥,那边什么事情都有可能发生,"我心里想,"无论什么事情……"

连盖茨比这种人物都有,别的更不需要大惊小怪了。

酷热的正午。我走进第四十二街一家风扇开得很猛的地下餐厅,去找盖茨比吃午饭。眨眼把外面街道的明亮挤掉之后,我的眼睛模模糊糊地看见他在候座区,跟另一个人在说话。

"卡拉威先生,这是我的朋友沃夫希姆[1]。"

一个矮小的塌鼻子犹太人抬起他的大头,用两撮长得极其茂盛的鼻毛来问候我。隔了片刻,我才在阴暗中找到他那双小眼睛。

"……于是我又看着他,"沃夫希姆先生热切地握着我的手说,"你猜我做了什么事?"

"你做了什么事呢?"我礼貌地问。

但他这句话显然不是对我说的,因为他随即松开我的手,用他那很具表现力的鼻子对准了盖茨比。

"我把钱交给凯兹堡,然后说:'没问题,凯兹堡,假如他不闭嘴,半分钱也别给他。'自那以后,他就闭上了他的臭嘴。"

盖茨比拉着我们两个的手臂走进餐厅,沃夫希姆先生似乎还想开口,但话到嘴边又咽了下去,梦游似的跟着往前走。

"要喝点酒吗?"领班服务员问。

"这家餐厅不错,"沃夫希姆先生看着天花板上几个长老会神话传说中的仙女说,"但我更喜欢马路对面那家!"

"好的,来几杯酒,"盖茨比同意了,然后他对沃夫希姆

---

[1] 托尼·坦纳指出,这个角色的原型是美国著名的赌徒阿诺德·罗瑟斯坦(Arnold Rothstein,1882—1928)。罗瑟斯坦在纽约经商,开设赌场,也是犹太黑帮的老大,被认为是下文提及的1919年世界棒球大赛丑闻的幕后黑手。

说,"那边太热了。"

"是啊,很热,地方又小,"沃夫希姆先生说,"但充满了记忆。"

"那家餐厅叫什么?"我问。

"旧京。"

"旧京,"沃夫希姆先生悲伤地回忆道,"那里有过许多死去的面容。那里有过许多逝去的朋友。只要活着,我就不会忘记他们开枪打死罗西·罗森泰尔的那个晚上。当时我们六个人同桌吃饭,罗西整个晚上都在吃吃喝喝。天快亮时,那服务员走过来,很古怪地看了他一眼,然后说有人想请他到外面谈谈。'没问题,'罗西说着就要站起来,我一把拉住他,让他坐回椅子里。

"'那帮混蛋要想跟你谈就到里面来,罗西,但你千万要听我的,别走出这个房间。'"

"那时是凌晨四点,如果我们走过去拉开窗帘,应该能看到天光。"

"他出去了吗?"我天真地问。

"他当然出去了,"沃夫希姆先生愤慨地看着我,鼻子涨得通红,"他走到门口,转过身说:'别让服务员端走我的咖啡!'然后他走到外面的人行道上,他们朝他吃得饱饱的肚子开了三枪,开车跑掉了。"

我终于想起这件事来了,于是说:"其中有四个人后来被电刑处死。"

"五个,还有贝克尔。"他的鼻孔好奇地向我转过来,"听说你想找'光系'做点生意?"

他这句话让我感到莫名其妙。盖茨比开口替我回答。

"不是啦,"他说,"他不是那个人。"

"不是啊?"沃夫希姆先生似乎很失望。

"这位只是我的朋友。那件事我们下回再谈。"

"真对不起,"沃夫希姆先生说,"我刚才认错人了。"

一道美味的菜被端上来,沃夫希姆先生也就忘记旧京饭店那些伤感的往事,开始狼吞虎咽地吃起来。与此同时,他的眼睛非常缓慢地扫过整个餐厅——还不忘转过头去看坐在他正后面的人。我想要不是我在场,他可能连我们的桌子底下也要瞄两眼。

"喂,老兄,"盖茨比凑过来对我说,"我今天早上在车里让你有点生气吧?"

他又是满脸堆欢,但这次我可不买他的账。

"我不喜欢搞得很神秘的样子,"我回答说,"我不明白你为什么不直截了当跟我说你想要什么。为什么非得通过贝克小姐不可呢?"

"哎呀,不是什么见不得人的事情啦,"他宽慰我说,"贝克小姐是个伟大的运动员,这你也知道的,她不会做歪门邪道的事。"

他突然看看手表,猛地站起来,匆匆走出餐厅,留下我和沃夫希姆先生。

"他得去打电话，"沃夫希姆目送他出去，同时说，"他是个好家伙，对吧？长得那么帅，真是个完美的绅士。"

"是啊。"

"他是'牛精'人。"

"哦！"

"他念过英国的'牛精'大学。你知道'牛精'大学吗？"

"略有耳闻。"

"那是世界上最著名的大学。"

"你认识盖茨比很久了吗？"我问。

"有几年了，"他颇感荣幸地说，"直到战争结束后不久，我才有幸结识他。但跟他聊了一个小时之后，我就知道这人的家世肯定很显赫。我心里想：'原来真有这种你愿意带回家介绍给你母亲和姐妹认识的人啊。'"他停顿片刻。"我发现你在看着我的袖扣。"

我本来没有看，但现在看了。它们的形状很奇怪，似乎是象牙做的。

"这是最好的人类臼齿的标本。"他告诉我。

"哇！"我仔细地看着它们，"这是个非常有趣的创意。"

"是啊，"他把衬衣的袖口缩回到外套之下，"是啊，盖茨比对女人非常规矩。他从来不正眼看朋友的太太。"

此时这种信赖所托付的对象回到餐桌坐下，沃夫希姆先生猛然喝掉他的咖啡，然后站起身来。

"我很喜欢今天的午餐,"他说,"我离开你们两位年轻人啦,免得你们嫌我待得太久。"

"别着急,梅耶,"盖茨比言不由衷地说。沃夫希姆先生抬起手,像是替我们赐福。

"你们非常有礼貌,但我是老人家啦,"他表情沉重地宣布,"你们就坐在这里吧,可以谈谈体育,谈谈年轻的女人和……"他又挥了挥手,用以代替我们的第三个话题。"至于我,我已经五十岁,不会再打扰你们啦。"

跟我们握手道别、转身离去期间,他那悲剧的鼻子不停地抽动。我在想我是不是哪句话得罪他了。

"他有时候会变得非常忧郁,"盖茨比解释说,"今天他又多愁善感了。在纽约他也算是个人物了——百老汇的地头蛇。"

"他到底是什么人?演员吗?"

"不是。"

"牙医?"

"梅耶·沃夫希姆?不是啦,他是开赌场的。"盖茨比欲言又止,然后淡淡地补充说,"他就是1919年世界棒球大赛舞弊案[1]的幕后黑手。"

---

[1] 1919年,代表美国联盟的芝加哥白袜队和代表国家联盟的辛辛那提红人队进入了世界棒球大赛的决赛。由于芝加哥白袜队实力明显高出一筹,外界均认为冠军非该队莫属。但白袜队有八名队员收了黑钱,故意在比赛中打假球,最终输给了红人队。这就是臭名昭著的1919年世界棒球大赛舞弊案,史称"黑袜丑闻"。

"世界棒球大赛舞弊案？"我喃喃地说。

这简直让我瞠目结舌。我当然记得1919年的世界棒球大赛舞弊案，但我总以为那桩丑闻是自动发生的，是许多因素发生连锁反应导致的不可避免的结果。我从来没想到居然有人能够单枪匹马地愚弄五千万球迷——而且就像小偷专注地撬开保险箱那么简单。

"他怎么会做那样的事呢？"我沉默半晌问。

"他只是发现有机可乘而已。"

"他怎么没坐牢呢？"

"他们抓不到他的把柄啊，老兄。他是个聪明人。"

我执意付了账单。服务员把零钱拿给我时，我看见布坎南隔着许多人，坐在餐厅的另一边。

"请稍等我片刻，"我说，"我得去跟人打个招呼。"

汤姆看到我们立刻跳了起来，三步并作两步走到我们面前。

"你到哪里去了？"他热情地问，"黛熙很生气，因为你没打电话给我们。"

"这位是盖茨比先生，布坎南先生。"

他们草草地握了手，一阵紧张、不自然的尴尬神色掠过盖茨比的脸。

"你最近到底怎么样啊？"汤姆追问我说，"你怎么会大老远地跑来这里吃饭？"

"我跟盖茨比先生约好在这里吃午饭。"

我回头去看盖茨比，但他已经不见踪影了。

一九一七年十月某天……

（那天下午，在广场酒店[1]茶厅里的高背椅上，乔丹·贝克正襟危坐，向我娓娓道来。）

……我要去某个地方，于是便出了门，有时在人行道上走，有时在草地上走。我更喜欢走在草地上，因为我穿的鞋是英国来的，圆圆的橡胶鞋跟踩在软软的草地上很舒服。当时我还穿着一条新的格子裙，每当我的裙子随风飘扬，路边所有人家门前红白蓝三色国旗就会挺得笔直，发出"啧……啧……啧"的声音，好像很不以为然。

最大的国旗和最大的草坪属于黛熙·费伊家。她那年只有十八岁，比我大两岁，是路易斯维尔最最受欢迎的少女。她喜欢穿白色的衣服，开的跑车也是白色的，家里的电话整天响个不停，泰勒军营[2]那些兴奋的年轻军官纷纷打电话给她，想要得到独占她整个夜晚的特权。"哪怕一个小时也行啊！"

那天早晨我走到她家门口时，她的白色跑车就停在路边，她坐在车里，同车是一个我以前从未见过的中尉。他们含情脉脉地看着对方，等我走到五英尺之内她才看见我。

"你好啊，乔丹，"她突然喊了起来，"麻烦你过来一下。"

1　广场酒店（Plaza Hotel）是纽约著名的豪华酒店，位于中央公园南面，毗邻第五大道，楼高二十层，1907年落成。该酒店在1986年被列入美国国家历史名胜，是纽约仅有的两家获此殊荣的酒店之一。目前仍在营业，每晚房价大约为七百美元。

2　肯塔基州路易斯维尔附近的一个军营。

她居然想跟我说话，这让我受宠若惊，因为在所有比我大的女孩当中，我最崇拜的就是她。她问我是否要到红十字会去做绷带。我说是的。那好啊，能否请我告诉他们，她今天不来了？黛熙说话时，那军官如痴如醉地看着她，每个女孩都希望有人这样仰慕自己。在我看来，这是非常罗曼蒂克的，所以后来我一直记得这件事。他的名字叫杰伊·盖茨比，随后四年多的时间里，我再也没有见过他——甚至直到我在长岛遇见他之后，我都没有意识到他就是那个人。

那是一九一七年。第二年我自己也交了几个男朋友，并开始参加高尔夫球赛，所以并不经常见到黛熙。她交往的人年纪都比我稍微大几岁，不过她已经很少跟人走动了。有关她的谣言传得很厉害——人们说在某个冬天的夜晚，她母亲发现她正在收拾行李，准备去纽约跟一个即将远赴海外的士兵道别。她父母成功地把她拦下了，但她接连几个星期不跟家里人说话。自那以后，她再也不跟部队的人交朋友了，只跟本地几个扁平足或者近视、根本就当不了兵的年轻人来往。

等到秋天来临，她又活泼起来了，像从前那样活泼。停战之后，她父母为她举办了盛大的成年礼，据说她在二月订婚，对方来自新奥尔良。六月她嫁给了芝加哥的汤姆·布坎南，他们结婚时的盛况是路易斯维尔人前所未见的。他带着上百个人，租了四节车厢，浩浩荡荡地南下，在穆尔巴赫酒店租了整整一层楼。结婚前那天，他送给黛熙一串珍珠项链，价值三十五万美元。

我是伴娘。婚礼前夕,新娘出阁晚会开始前半小时,我走进她的房间,发现她躺在床上,美得像那个六月的夜晚,穿着绣花的裙子——醉得像只猴子。她一手拿着一瓶苏玳白葡萄酒[1],一手拿着一封信。

"恭喜我呀,"她喃喃地说,"我以前没喝过酒,但我今天喝得很高兴。"

"黛熙,你怎么了?"

当时我吓坏了,我告诉你。我从来没有见过醉成那样的女孩。

"这里,亲爱的。"她在早前搬到床上的废纸篓里面乱摸,掏出那串珍珠项链。"把它拿到楼下去,是谁的就还给谁。你告诉他们,黛熙改变主意了。就这么说:'黛熙改变主意了!'"

她哭了起来——哭了又哭。我赶紧跑出去,找到她母亲的女佣,我们把她的房门关起来,让她洗了冷水澡。她不肯松开那封信。她把信带进浴缸,浸湿了之后紧紧地揉成一团,后来看见它变成雪花般的碎片,才让我拿起来放在香皂碟里。

但她再也没有说话。我们拿来醒酒的精油让她闻,在她额头上放了冰块,哄她穿上裙子。半个小时后,当我们走出房间,珍珠项链挂在她的脖子上,这事就算过去了。第二天下午五点,她若无其事地嫁给了汤姆·布坎南,然后启程去南太平洋旅游三个月。

---

[1] 一种产自法国波尔多地区的高档甜酒。

他们回来后,我曾在圣塔芭芭拉¹遇见过他们,我认识的女孩中,没有人像她那么在乎她的丈夫。如果他有片刻不在房间里,黛熙就会心绪不宁地到处找,并说:"汤姆去哪里了啊?"而且会满脸失魂落魄的神色,直到看见他从门口走进来。黛熙常常在沙滩上一坐个把小时,让他把头枕在大腿上,用手轻抚他的眼睛,无限欣喜地看着他。这种恩爱的景象真叫人感动——它会让你悄悄地、向往地笑起来。当时是八月。我离开圣塔芭芭拉之后一个星期,汤姆有天晚上在文图拉公路²撞上一辆货车,轿车的一个前轮撞得飞掉了。和他同车的女孩也登上了报纸,因为她撞断了手——她是圣塔芭芭拉酒店的服务员。

隔年四月,黛熙生下女儿,他们搬到法国住了一年。有一年春天,我在戛纳遇到他们,后来在多维尔又碰了面,然后他们就到芝加哥定居了。黛熙在芝加哥很受欢迎,这你也知道的。他们跟一帮花天酒地的人交朋友,都是些年少多金的浪荡子,但她的名誉始终是绝对的完美无瑕。也许是因为她不喝酒吧。在酗酒的人群中,滴酒不沾可以占很大的便宜。不喝酒你就不会乱说话,而且就算你想做点离经叛道的事,也可以等到其他每个人都喝得烂醉时再做,这样他们就不会看到,看到了也不关心。也许黛熙从来没想过要勾引别人吧——可是她的声音又总是让人觉得她……

1　美国加利福尼亚州的海滨城市。
2　加利福尼亚州南部公路,连接文图拉和帕萨迪纳。

好啦,大概六个星期之前,她时隔多年,再次听到盖茨比的名字。就是那天晚上,我问你——你还记得吗——认不认识西卵的盖茨比。你回家后,她走进我的房间,把我摇醒,然后说:"哪个盖茨比?"听我迷迷糊糊地描述了他的模样——当时我还没全醒,她用最奇怪的声音说,这肯定就是她以前认识的那个人。直到那时,我才把这位盖茨比和她白色跑车里那位军官联系起来。

等到乔丹·贝克讲完这个故事,我们离开广场酒店已经半个小时,坐着维多利亚马车在中央公园里穿行。这时太阳已经落在西城第五十几街那些电影明星居住的公寓楼后面,许多儿童已经像蟋蟀般聚集到草坪上,他们清脆的歌声在温热的暮色里响起:

> 我是阿拉伯的大酋长。
> 你的心呀系在我身上。
> 今夜里等你睡得正香,
> 我要偷偷爬进你闺帐。

"真是巧合得有点古怪,"我说。
"其实根本不是巧合。"
"为什么呢?"
"盖茨比买下那座房子,是因为黛熙就住在海湾正对面。"
原来他在那个六月的夜晚仰望的不仅仅是天边的星星。在我心里,他的形象突然丰满起来了,不再是一个漫无目的地挥霍着财富的暴发户。

"他想知道,"乔丹接着说,"你能不能找个下午去请黛熙到你家做客,然后让他过去坐坐。"

他的要求居然这么简单,这让我很吃惊。他等了整整五年,买下那座华厦,把星光施舍给那些想来就来、想去就去的飞蛾——他费了这么多心血,只是为了能够在某天下午,到一个陌生人家里"坐坐"。

"不就是托我帮个小忙嘛,有必要原原本本地让我知道吗?"

"他很害怕,他等了这么久。他怕会得罪你。你看,他为人其实挺细心周到的。"

我还是觉得有点蹊跷。

"他为什么不请你安排他们相见呢?"

"他想让黛熙看看他的房子,"她解释说,"而你的房子又正好在隔壁。"

"哦!"

"我估计他原本也有点期望黛熙会在某个晚上参加他的宴会,"乔丹继续说,"但她从来不去。然后他开始假装不经意地问别人是否认识她,我是他问的人中第一个认识她的。那晚舞会上他派人来找我,就是为了这事。可惜你没听到他开始是怎么拐弯抹角、大做铺垫,然后才提起来的。当然,我立刻建议他们到纽约吃午饭——他一听急死了:

"'我不想做得那么过分！'他不停地说，'我只想在隔壁看看她。'

"后来我说你是汤姆的好朋友，他开始放弃这整个计划。他对汤姆不是很了解，不过他说他订了一份芝加哥报纸好几年，只是为了偶尔能够看见黛熙的名字。"

这时天全黑了，马车从一座小桥下面穿过，我伸手搂住了乔丹金黄色的肩膀，把她揽到我身边，请她和我共进晚餐。突然间，我心里想着的不再是黛熙和盖茨比，而是这个干净而结实、脑筋有点笨的女孩，这个对一切都抱着怀疑的心态、轻轻地靠在我臂弯里的女孩。有句话开始令人激动地在我耳边响起："世上只有两类人，追求者和被追求者，忙碌者和厌倦者。"

"黛熙的生活也应该有点安慰，"乔丹喃喃地对我说。

"她想见盖茨比吗？"

"别让她知道怎么回事。盖茨比不想让她知道。你只要假装请她过来喝茶就好。"

我们穿过一排黝黑的树，第五十九街的高楼出现在眼前，昏黄的灯光从漂亮的楼面照进了公园。我不像盖茨比，也不像汤姆·布坎南，我没有魂牵梦萦的情人，不会在那些阴暗的屋檐和刺眼的招牌中看到她忽隐忽现的面容，所以我手臂用力，搂紧了身边这位女孩。她那苍白而高傲的双唇微微笑起来，于是我把她搂得更紧，凑过去亲吻她。

第五章

那天晚上回到西卵时,我差点以为我的房子着火了。当时已是凌晨两点,半岛末端散发出通红的光芒,似真似幻地照耀着灌木丛,路边的电线也被照成几道细长的射线。拐弯之后我才发现,原来是盖茨比的房子,从塔楼到地窖灯火通明。

起初我以为他又在大摆宴席,大家余兴未尽,干脆把整座房子的灯光都打开,玩起了"捉迷藏"或者"活捉沙丁鱼"的游戏。但四下里悄无声息。只有风儿吹动树木,而树木则拉动电线,使得许多电灯忽明忽暗,仿佛这座房子正在黑暗中眨眼。出租车"突突"开走时,我看见盖茨比从他的草坪向我走过来。

"你家好像在开世博会嘛,"我说。

"是吗?"他转过头,心不在焉地望了一眼,"我刚才在查看几个房间呢。我们去康尼岛[1]走走吧,老兄,坐我的车去。"

---

1 康尼岛(Coney Island)位于纽约市布鲁克林区南部,濒临大西洋,岛上建有游乐园。

"太晚了。"

"那好吧,或许我们可以到游泳池玩水?今年夏天我还没用过它呢。"

"我要去睡啦。"

"好吧。"

他忍不住急切地望着我,等着我开口。

"我跟贝克小姐聊过了,"沉默片刻之后,我说,"我准备明天就给黛熙打电话,请她来喝茶。"

"哦,那倒不必了,"他若无其事地说,"我不希望给你带来麻烦。"

"你觉得哪天比较合适?"

"看你哪天方便啊,"他马上纠正我说,"我不希望给你带来麻烦,你知道的。"

"后天怎么样?"

他考虑了半响,然后不太情愿地说:"我得先让人把草坪修剪整齐。"

我们不约而同地低头看着周围的草地——有一条非常明显的分界线,我的这边零乱不堪,光线较暗处是他的草坪,修剪得整整齐齐。我猜他要找人修剪的是我的草。

"还有件小事,"他吞吞吐吐、欲言又止地说。

"你希望再往后推几天吗?"我问。

"不是啦,跟这个没关系。至少……"他结结巴巴,好像不知道该怎么说，"哎，我在想……喂，老兄，你赚的钱不是很多，对吧？"

"是不多。"

这句话似乎让他信心大增，于是他较为镇定地说下去。

"我想也是，如果你不介意我……你也知道的，我在那边有门小生意，算是某种副业吧，你能明白的。我在想，既然你赚的钱不是很多……你是销售债券的，对吧，老兄？"

"我还在学。"

"嗯，这件事你会有兴趣的。它不会占用你太多时间，你可以赚很大一笔钱。这件事说起来倒是十分机密的。"

现在我已经明白，要是发生在别的场合，这次对话很可能会让我的生活发生巨大的转变。但他显然是因为要我帮忙而直截了当地想给我好处，所以我别无选择，只能拦住他的话头。

"我已经够忙的，"我说，"我非常感谢你，但不能再接更多的活了。"

"做这门生意你不用跟沃夫希姆打交道的。"他显然以为我耻于搭上午饭时提到的"光系"，但我告诉他不是这个原因。他又等了片刻，希望我会开口说话，但我已经很困，想不起来有什么好说的，于是他快快不乐地回家去了。

上半夜的约会让我很快乐，整个人感到轻飘飘的；我记得踏进家门之后，我很快就睡着了。所以我不知道盖茨比到底有没有去康尼岛，或者他花了多少个小时在灯火通明中"查看几个房间"。第二天早上,我在办公室给黛熙打了电话,约她到我家喝茶。

"别带上汤姆,"我提醒她。

"什么?"

"别带上汤姆。"

"'汤姆'是谁呀?"她故作天真地问。

约好那天下起了倾盆大雨。到了十一点,有个人穿着雨衣,拖着割草机,跑来敲我的前门,说盖茨比先生派他来替我剪草。这倒提醒我了,我忘记让那个芬兰女佣过来,于是我驱车前往西卵村,在几条湿漉漉的灰白巷子中找到她,又买了些茶杯、柠檬和鲜花。

鲜花白买了,因为下午两点时,盖茨比家送来各种奇花异草,还有无数个花瓶。又过了一个小时,前门紧张地打开,盖茨比穿着白色的法兰绒西装和银色的衬衣,系着金色的领带,匆匆走进来。他脸色苍白,黑眼圈很重,显然昨晚是彻夜无眠了。

"全都准备好了吗?"他迫不及待地问。

"你说的是草坪吗?看上去很整齐。"

"什么草坪?"他茫然地问,"哦,你家的草坪。"他向窗外望去,但从他的表情判断,我相信他什么也没看到。

"看上去非常好,"他含糊其词地说,"报纸上说这雨四点钟左右会停。应该是《纽约晚报》上说的。喝……喝茶需要的东西你都准备好了吗?"

我把他带进厨房,他看见那个芬兰女佣,好像有点不满。我们一起视察了从外卖店买回来的十二个柠檬蛋糕。

"这些还可以吧?"我问。

"当然,当然!看上去很好!"他言不由衷地补上一句,"……老兄。"

三点半过后,大雨渐渐停了,变成潮湿的浓雾,偶尔飘洒着几滴露珠似的小雨。盖茨比两眼无神地看着一本克莱写的《经济学》,每次芬兰女佣的脚步踩动厨房的地板他就一惊,时不时向雾蒙蒙的窗户望去,仿佛外面有一系列肉眼看不见但触目惊心的事情正在发生。最后他站起来,犹豫地对我说,他要回家了。

"为什么?"

"没有人会来喝茶。太晚啦!"他看看手表,仿佛他在别的地方还有紧要事,"我不能等一整天。"

"别傻了,这会还有两分钟才到四点。"

他哭丧着脸坐下,仿佛我强迫了他,就在这时,我家的小径上响起了汽车引擎的声音。我们俩立刻站起来,连我也有点紧张。我走到外面的院子里。

院子里几株没有花的丁香树正在滴水,一辆巨大的敞篷车开到树下的车道。它停了下来。黛熙的脸庞在薰衣草色的三角帽之下斜翘着,带着明艳的微笑,欣喜地看着我。

"这就是你住的地方吗,我最亲爱的表哥?"

她那抑扬顿挫的声音令人精神振奋,在细雨中格外动听。我的耳朵不由自主地随着她的话音高高低低地起伏,隔了片刻才领会到她说的话。她的脸颊上贴着一绺被雨水打湿的秀发,像是一笔浓墨重彩似的,我伸手扶她下车时,发现她的手湿漉漉地在滴水。

"你是爱上我了吧,"她在我耳边轻轻地说,"否则为什么让我一个人来呀?"

"这是拉克伦特城堡[1]的秘密。你吩咐司机走吧,让他去消磨一个小时。"

"费迪,你过一个小时再来。"然后严肃地低声说,"他的名字叫费迪。"

"汽油影响到他的鼻子吗?"

"没有吧,"她天真地问,"干吗这么问?"

我们走进去。让我始料未及的是,客厅里居然没有人。

"咦,这下好玩了,"我惊奇地说。

"什么好玩了?"

她转过头,因为有人轻轻地敲响了前门。我走出去,把门打开。盖茨比脸如死灰,双手沉重地插进上衣的口袋,站在一摊水里,凄然地盯着我的双眼。

他双手仍然插在口袋里,三步并作两步从我旁边跨进门厅,然后踩钢丝似的突然转了个身,走进客厅消失了。这一点都不好玩。我自己的心怦怦地猛跳着,掩起前门,把又逐渐下大的雨水

---

[1] 《拉克伦特城堡》是一本1800年出版的小说,作者为玛丽娅·艾吉沃斯(Maria Edgeworth),普遍认为它是英语文学史上第一部历史小说。

挡在门外。

大概有半分钟时间，四下里悄无声息。然后我听见客厅传来一阵哽噎的诉说和几下笑声，接着是黛熙的声音，故意很响亮地说："再次见到你，我当然非常非常高兴啦。"

又是一阵寂静，持续了很长时间。我在门厅里无事可做，于是走进客厅。

盖茨比两只手还在口袋里，背靠壁炉架站着，勉强装出一副完全放松的样子，甚至显得有点无精打采。他的头靠得很后，都碰到壁炉架上那台失灵的时钟了。他就摆着这个姿势，眼神迷乱地俯视着黛熙，而黛熙则慌张但优雅地坐在一张硬背椅子的边缘。

"我们以前认识，"盖茨比喃喃地说。他朝我瞥了一眼，嘴唇咧开，想笑但又笑不出来。这时幸亏那台时钟被他的头压得摇摇欲坠，他赶紧转过去，用发抖的手指抓住它，把它摆回原处。然后他动作僵硬地坐下来，手肘撑在沙发的扶手上，手心抬着下巴。

"很抱歉碰到你的时钟，"他说。

我自己的脸现在涨得通红，脑子里有上千句客气的话，但一句也说不出来。

"这台时钟很旧了，"我白痴似的告诉他们。

大家都不知道该说些什么，好像那台时钟已经在地上摔得粉碎似的。

"我们很多年没见了，"黛熙说，她尽可能装得不动声色。

"到十一月就五年整了。"

盖茨比这机械式的回答让我们至少又愣了一分钟。我急中生智,建议他们到厨房帮我准备下午茶,于是他们都站起来,但这时那个幽灵般的芬兰女佣端着茶盘走进来了。

手忙脚乱地倒茶切蛋糕之后,大家总算恢复了常态。盖茨比躲到角落里听我跟黛熙聊天,他那双紧张而闷闷不乐的眼睛来回地看着我们两人。然而平静的局面本身并不是目的,我找个机会说了声抱歉就站起来。

"你要去哪里?"盖茨比立刻警惕地问。

"我很快就回来。"

"先别走,我有话要跟你说。"

他慌忙跟着我走进厨房,把门关上,低声说:"天啊!"看上去很痛苦的样子。

"怎么回事?"

"这是个可怕的错误,"他不停地摇着头说,"非常可怕的错误。"

"你只是觉得不好意思,仅此而已,"我劝解他说,"黛熙也有点不好意思。"

"她有点不好意思?"他将信将疑地重复了我的话。

"她跟你彼此彼此啦。"

"别说得那么大声。"

"你表现得像个小男孩,"我不耐烦地说,"你不仅很幼稚,还很没礼貌。黛熙一个人坐在那里呢。"

他抬手不让我说下去,用令人难忘的责备眼神瞪了我一眼,然后小心翼翼地把门打开,重新回到了客厅。

我从后门出去——半小时前盖茨比也是从这里出去,神经兮兮地绕到前门走进来——走到一棵黑色的大树下面。这棵盘根错节的大树枝繁叶茂,替我挡住了雨水。这时雨又倾盆而下,我这不规则的草坪虽然经过盖茨比家园丁的修剪,但到处坑坑洼洼的,看上去像是洪荒年代的沼泽地。在这棵大树下面没什么好看的,除了盖茨比那座巨大的房子,于是我像康德[1]凝视教堂的尖顶那样,盯着它看了足足半小时。这座房子是一个啤酒商在十年前那股复古热潮[2]初期建造的,据说他愿意替周边所有寒酸的房子支付五年的税金,只要这些房东肯在屋顶上铺一层稻草。也许他们的拒绝伤了他那颗成家立业的心——他很快就一病不起了。哀悼的花圈还挂在门上,他的子女等不及地把房子卖掉了。美国人虽然愿意,甚至渴望当农奴,但却永远不甘心做乡巴佬。

半小时过去,太阳又出来了,杂货店的汽车开上盖茨比家的车道,给他的仆人送来了晚餐所需的生鲜食材——我敢肯定他今晚一口也吃不下。有个女仆开始打开楼上的窗户,每打开一扇就

1　即德国哲学家伊曼纽尔·康德(Immanuel Kant,1724–1804),他在书房里思考哲学问题时喜欢凝望窗外教堂的尖顶。

2　西方的复古风格建筑是指文艺复兴之后,仿照古代希腊、罗马样式建造起来的房屋。在十九世纪末、二十世纪初,美国那些因工业发家的富豪热衷于修建仿古建筑,兴起了一股复古热潮。

会短暂地露面,然后从宽大的中央阳台探出身子,似有深意地朝花园里吐了口痰。我该回去了。刚才滴滴答答的雨声听起来像是他们的窃窃私语,时不时随着感情的波动而高低起伏。但现在外面一片寂静,我觉得屋子里应该也已平静下来。

我走了进去,故意在厨房里弄出各种声响,就差把炉子打翻,但我相信他们什么也听不到。他们坐在沙发的两端,相互望着对方,似乎正在思考什么悬而未决的问题,而尴尬的气氛已经消失得干干净净。黛熙脸上还有泪痕,看到我走进来,赶紧对着镜子用手帕把它擦干。但盖茨比身上发生了惊人的变化。他容光焕发,虽然没有经过言语或动作流露出来,但他浑身上下散发出幸福的光芒,充盈着我那小小的客厅。

"你好啊,老兄,"他热情地说,似乎和我已经多年未曾谋面。刹那间,我简直以为他要来跟我握手。

"外面雨停了。"

"雨停了?"刚开始他还没意识到我在说什么,后来看到客厅里阳光灿烂,这才笑了起来,好像他是气象预报员,或者是阳光守护神,并将这个新闻汇报给黛熙,"你觉得怎么样?雨已经停了。"

"我很高兴,杰伊。"她的喉咙刚才哭得有点嘶哑,但语气中透露出意想不到的欢乐。

"我想请你和黛熙到我家里去,"他说,"我想带她到处看看。"

"你真的想要我去吗?"

"绝对是真的啊,老兄。"

黛熙走上楼去洗脸——这时我才想起我的毛巾很寒碜,但已经太迟了。盖茨比和我则在草坪上等她。

"我的房子看上去不错吧?"他问,"你看,它的正面在阳光的照耀下多么漂亮。"

我承认它确实富丽堂皇。

"是啊,"他的眼睛扫视着他的房子,每个拱门和每座方塔都不放过。"我只花了三年,就赚够了买下它的钱。"

"你不是说你的钱是继承来的吗?"

"是的,老兄,"他想也不想就回答,"但那些遗产在大恐慌时被我亏掉很多——就是战争引起的那次大恐慌。"

我知道他是在信口开河,因为当我问他做什么生意时,他的回答是:"这不关你的事。"话说出口才想起来这个回答很不礼貌。

"哦,我做过好几样生意,"他改口说,"我先是卖药材,然后又做点石油生意。但现在这两行我都不做了。"他更加专注地看着我。"你是说你在考虑我前天晚上的提议吗?"

我还没来得及回答,黛熙就从我家里走出来,长裙上两排铜纽扣在阳光下闪闪发亮。

"那么大的地方啊?"她指着盖茨比的房子惊叹说。

"你喜欢吗?"

"喜欢啊,但我不明白你一个人怎能住那么大的房子。"

"我总是请很多有趣的人来,白天黑夜都有客人。那些客人做的事情都很有趣,有些还是名人。"

我们没有抄海边的近路,而是故意沿着大路从宏伟的后门走进去。黛熙忘我地欣赏起这座古堡,嘴里用她那迷人的声音喃喃低语,这边的墙壁真是漂亮,那边的屋顶多么好看。接着走进芳香扑鼻的花园,那些闪闪发亮的黄水仙、白泡沫般的山楂花、挂满枝头的西梅花,还有淡金色的忍冬花,也都让她赞不绝口。登上大理石台阶时,周边的氛围有点异样,因为看不见走来走去的光鲜衣着,也听不见此起彼伏的欢声笑语,只有鸟儿在树上啁啾。

进门之后,我们依次穿过几间玛丽·安托瓦内特[1]式的音乐厅和复辟时代风格[2]的会客室,我觉得有许多客人躲在每张沙发和桌子后面,奉命屏息不动地静待我们走过。盖茨比关上默顿学院图书馆[3]的大门时,我简直听见那位猫头鹰眼镜先生突然发出几声鬼叫似的笑声。

我们登上楼梯,楼上有几间古色古香的卧室,里面铺着玫

---

1 玛丽·安托瓦内特(1755–1793)是法国皇后,以奢靡的生活作风著称。
2 1660年,英王查理一世的长子查理二世结束多年的流亡生涯,回到伦敦,被拥戴为英国国王,正式宣告被克伦威尔中断的斯图亚特王朝复辟。英国历史学家将1660年查理二世登基到1688年詹姆斯二世因光荣革命而逊位这段时期称为复辟时代。复辟时代风格会客室的主要特点是大量使用来自印度、中国、日本等东方国家的器具,装饰上以中国风为主。
3 默顿学院是牛津大学的附属学院,作者用"默顿学院图书馆"来暗示盖茨比的书房有丰富的藏书。

瑰色和薰衣草色的绸缎，摆放着许多生机勃勃的鲜花，还有更衣室、撞球室和装着嵌入式浴缸的浴室——其间我们闯进一间卧房，发现有个邋遢的男子穿着睡衣，正在地板上做俯卧撑。那人就是"房客"克里普斯普林格先生。那天早上，我曾看见他面有饥色地在沙滩上瞎逛。最后我们走进了盖茨比本人的套房，里面有卧室、浴室和亚当式书房[1]。我们在书房坐下，用玻璃杯喝起他从壁柜里拿出来的黄绿色查特酒[2]。

他片刻不停地盯着黛熙看，我猜他是在根据黛熙那双明眸的反应，重新估量家里所有事物的价值。有时候他也失魂落魄地望望他的财物，似乎黛熙的真身神奇地出现之后，这一切都变得不再重要。有一次他差点从楼梯上摔下去。

他的卧室是所有房间中最简朴的——不过梳妆台上摆着一套纯金的化妆工具。黛熙高兴地拿起刷子顺顺她的头发，引得盖茨比坐下来，捂着脸忍不住开怀大笑。

"我实在是太高兴了，老兄，"他笑个不停地说，"我忍不住……我想要……"

他明显经历过两种状态，这时正在进入第三种。他先是局促不安，然后欣喜若狂，现在则是因为黛熙的出现而忘乎所以。这

---

1 亚当式建筑的主要特点是古朴、繁复和豪华，它是由罗伯特·亚当（Robert Adam，1728–1792）和他的弟弟詹姆斯·亚当（James Adam，1732–1794）倡导的，这两个苏格兰建筑学家提倡从古典时期汲取灵感。

2 十八世纪四十年代法国修道院的僧侣发明的一种昂贵药酒。

次相遇曾让他朝思暮想、魂牵梦萦了许多年，他咬紧牙关苦苦地等待，紧张的心理实在是难以形容。现在美梦成真，他的情绪渐渐地松弛下来，不再像发条被拧得太紧的时钟。

片刻之后，他恢复了常态，随即打开两个巨大的古董式衣橱，里面装满了西装、长袍、领带，还有一打一打像砖头那样垒着的衬衣。

"我在英国请了个人帮我买衣服。每年春季和秋季开始时，他会选一些给我寄过来。"

他抱起一叠衬衣，一件一件扔在我们面前，有亚麻布的、丝绸的、法兰绒的，本来叠得很整齐，但都被他抖开了，五颜六色地散落在桌子上。我们还在仔细欣赏，他又把更多的衬衣抱出来，于是那座柔软而昂贵的小山越堆越高——条纹的、印花的、格子的，珊瑚红的、苹果绿的、薰衣草紫的、橙子黄的，各种款式颜色应有尽有，每件都用深蓝色的丝线绣着他的名字缩写。突然间，黛熙忍不住叫了一声，把头埋进衬衣堆里，开始嚎啕大哭。

"这些衬衣太漂亮了，"她呜呜咽咽地说，声音被厚厚的布料蒙住，听起来不是很清楚。"我觉得很伤心，因为我以前从未见过这么……这么漂亮的衬衣。"

看过房子后，本来准备去看草地、游泳池、水上飞机和盛夏的繁花——但盖茨比的窗外又开始下雨，于是我们站成一排，眺望着海湾波澜起伏的水面。

"可惜有雾,不然我们可以看见对岸你家的房子,"盖茨比说,"你家码头末端总是亮着一盏彻夜不灭的绿灯。"

黛熙突然伸手挽住他,但他似乎沉浸在他刚才说的话里。也许他已经明白,绿灯无与伦比的重要意义从现在起永远地消失了。在从前,和他与黛熙之间遥远的距离相比,那盏绿灯似乎离她非常近,近得几乎触手可及。它和黛熙的距离,就像星星和月亮那么近。现在它原形毕露,无非是码头上的一盏灯而已。让他心醉神迷的物品从此减少了一件。

我开始在房间里随意走走,在昏暗的光线中观看各种模糊不清的摆设。有幅巨大的照片引起了我的注意,画面中是一位穿着游艇服的老先生,就在书桌前面的墙上挂着。

"这人是谁?"

"那个吗?那是达恩·科迪先生,老兄。"

我觉得这个名字有点耳熟。

"他已经去世了。许多年前,他是我最好的朋友。"

盖茨比也有张穿着游艇服的照片,很小,就摆在床头柜上。照片里,他桀骜不驯地仰着头,看上去像十八岁左右时拍的。

"我好喜欢这张照片呀,"黛熙惊喜地说,"蓬巴杜发型[1]!你以前没跟我说过你剪过蓬巴杜头——也没说过你有游艇。"

---

1 以法国国王路易十五的情妇蓬巴杜夫人(Madame de Pompadour,1721–1764)命名的发型。男子的蓬巴杜发型是将头发卷起来往后梳,露出整个额头。

"快来看，"盖茨比催促说，"这里有很多剪报——都是有关你的新闻。"

他们肩并肩站着，仔细翻看那本剪报。我正要请他把红宝石拿出来让我开开眼界，这时电话响了，盖茨比拿起了话筒。

"是我……嗯，现在我不方便跟你聊……现在我不方便跟你聊，老兄……我说过那是个小城市……他难道连什么是小城市都不懂吗……算了，如果他认为底特律是个小城市，那他对我们来说没有用了……"

他挂了电话。

"快点过来！"黛熙在窗边大喊。

雨仍在下，但西边的乌云已经分开，几朵粉红色和金色的灿烂晚霞像巨浪般在海面上空翻滚着。

"你看，"她喃喃地说。过了片刻，她又说，"我真想弄一片红云，把你放在上面，然后推着你到处走。"

这时我想要告辞，但他们不许我走；可能有我在场他们才能加心安理得地幽会吧。

"我知道接下来做什么了，"盖茨比说，"我们请克里普斯林格弹钢琴。"

他走出房间大喊"埃文"，几分钟后回来了，身后跟着一个神情尴尬、略显憔悴的年轻人。这人戴着玳瑁框眼镜，有一头乱糟糟的金发。这时他的打扮比较体面，穿着敞领的"运动衫"、劲鞋和一条看不清颜色的帆布长裤。

"我们打扰你运动了吗?"黛熙礼貌地问。

"我刚才在睡觉,"克里普斯普林格先生尴尬万分地说,"我是说,我原本在睡觉。然后我就起床……"

"克里普斯普林格先生会弹钢琴,"盖茨比拦住他的话头说,"对吧,埃文老兄?"

"我弹得不好。我不……我根本就不会弹。我很久没有练……"

"我们到楼下去,"盖茨比插嘴说。他按了一个开关。房间里变得很亮,那些灰暗的窗户都消失了。

走进音乐厅后,盖茨比旋开钢琴旁边一盏孤独的台灯。他颤抖着用火柴替黛熙点燃香烟,然后陪她在房间远端的沙发上坐下,那边光线很暗,只有地板反照出走廊漏进来的微弱灯光。

克里普斯普林格先生弹完《爱巢》之后,坐在凳子上转过身,闷闷不乐地在黑暗中寻找盖茨比的身影。

"我好久没练习了,这你也知道的。我跟你说过我不能弹。我好久没练……"

"别说这么多话,老兄,"盖茨比命令他,"弹吧!"

无论是早上,

还是晚上,

我们玩得很爽……

外面风声变大了，海湾上掠过一道微弱的闪电。此刻西卵已是万家灯火，电动火车载满乘客，冒雨从纽约归来。在这人世发生巨变的时刻，空气中弥漫着兴奋的情绪。

> 毫无疑问，千真万确
> 富人会生钱，穷人只会生……孩子
> 尽管如此，
> 哪怕如此……[1]

走过去道别的时候，我发现那种惶惑的表情又回到了盖茨比脸上，仿佛有点怀疑他目前这种快乐的真假。差不多五年了！那天下午，黛熙肯定有不少地方让他大失所望——倒不是说黛熙本人有什么缺点，而是因为他把黛熙幻想得太美好。这幻想超越了黛熙，超越了所有事物。他这几年的心血全用来创造这个幻想，不停地为它添砖加瓦，用心想到的一切亮丽东西都用来修饰它。再似火的热情，再漂亮的外表，也抵不上一个幽灵般的心堆积起来的幻想。

就在我望着他时，他明显已经有点适应现实了。他握紧黛熙

---

[1] 这是一首1921年的流行歌曲，歌词的内容是一个青年男子劝解他的恋人，说他们虽然贫穷但拥有快乐。古斯·卡恩（Gus Kahn）和雷蒙德·艾根（Raymond Egan）作词，理查德·怀亭（Richard Whiting）作曲。

的手；黛熙在他耳边轻轻说了几句话，于是他动情地转过身去。我想最让他入迷的是那声音，那抑扬顿挫、热情奔放的声音，因为它的动听是盖茨比梦想不到的——那声音是一曲不死的歌。

他们完全忘了我，但随后黛熙眼睛朝上看了我一眼，把手伸出来跟我握别；至于盖茨比，他对我根本视若无睹。我走到门口，再次回头望望他们，他们也在看着我，远远地，仿佛处在另一个世界。然后我走出那个房间，走下大理石台阶，走进雨里，留下他们两个在一起。

第六章

大约在这段时间的某天早上,纽约有个上进的青年记者来到盖茨比家门口,问他是否有话要说。

"你要我说什么话呢?"盖茨比礼貌地问。

"哎呀……随便说说就可以。"

不清不楚地纠缠了五分钟之后,终于弄明白是怎么回事了。原来那记者曾在报社听人提到盖茨比的名字,但他不肯说那人是谁,也许根本就不认识。这天他正好休息,于是精神可嘉地赶过来"看看"。

那记者是无的放矢,但他的直觉是对的。那年夏天,数百个接受过盖茨比招待的人自诩为他的知交,到处信口开河地宣扬他的经历,于是盖茨比的名头越来越响,就快成为新闻人物了。各种轰动一时的传说,比如"用地下管道从加拿大走私烈酒",都被说成跟他有关;还有个流传很久的谣言,说他住的地方根本不是一座房子,而是一艘外观像房子的船,偷偷地在长岛沿岸开来开去。至于北达科他州的詹姆斯·盖兹为何对这些流言甘之如饴,这倒是个很难回答的问题。

詹姆斯·盖兹——这是他的真名,至少是他法律上的名字。把名字改掉那年他十七岁,那是他毕生事业的开端——当时他看见达恩·科迪的游艇停泊在苏必利湖[1]最危险的水面上。那天下午穿着破旧的绿色球衣和帆布裤在沙滩上消磨时间的是詹姆士·盖兹,而借了小船划到"陀罗美号"通知科迪半小时内可能会有大风刮翻游艇的,却已经是杰伊·盖茨比了。

我猜他早就想好要换成这个名字了。他父母是穷困潦倒的农民——他从来就没有把他们当成亲生父母。其实长岛西卵的杰伊·盖茨比来自他对自己的柏拉图理念。他是上帝之子——他确实是这么自诩的——他必须为他的天父效命,献身于一种庸俗而浮华的大美。所以他创造的这个杰伊·盖茨比,正是十七岁的男孩所崇拜的英雄人物,而他也矢志不渝地忠于这个理想。

此前一年多的时间里,他在苏必利湖南岸艰难度日,每天捞蛤蜊、打鲑鱼,也做其他能带来食物和床铺的事情。他那被阳光晒得发黄的结实身体时而勤劳时而懒惰,自在地度过了那些气候宜人的日子。他早就跟不少女人发生过关系,这些女人很宠爱

---

[1] 苏必利湖(Lake Superior)是美国五大湖之一,北边与加拿大的安大略省、美国的明尼苏达州接壤,南边是美国的威斯康星州和密歇根州。它是世界上表面积最大的淡水湖,也是世界上体积第三大的淡水湖。

他，反倒惹他看不起，因为年轻的少女太无知，成熟的女人则常常因为他做了某些事情变得歇斯底里——而在只顾自己感受的他看来，他做那些事情是理所当然的。

但他的心总是止不住地躁动。夜里躺在床上时，他会产生各种荒诞离奇的想法。他脑海中慢慢浮现的是美好得难以言喻的浮华世界，全然忘了时钟在脸盆架上滴答响，月光如水般地浸润着地上乱糟糟的衣服。每天晚上他都会为各种梦想锦上添花，直到倦意袭来，让他在栩栩如生的幻境中沉沉睡去。这些胡思乱想让他的想象力有了宣泄的出口，也给了令他心满意足的暗示：现状并不是真实的，世界是可以牢牢地建立在仙女的羽翼之上的。

更早之前几个月，为了寻找光明的前程，他曾到明尼苏达州南部的圣奥拉夫学院半工半读。他在这个路德派的小学校待了两个星期，大失所望地发现那里对他的远大抱负和命运本身漠不关心，也很憎恶那份打扫宿舍的工作。然后他四处流落，最后还是回到了苏必利湖；那天他依然为没找到正经事情做而发愁，随即看见达恩·科迪的游艇在湖边浅水区抛下锚来。

当时科迪已是五十几岁的老人，他曾涉足内华达州的银矿、犹它地区，以及1875年以来每个发现金属矿藏的地方。蒙大拿铜矿的生意让他发了好几百万的横财之后，他的身体依然健壮，但头脑已经有点糊涂了。无数察觉到这种情况的女人都想来骗他的钱。其中最成功的莫过于艾拉·凯伊，这位女记者抓住他的弱点,扮演了曼特农夫人[1]的角色,打发他乘坐游艇到海上环游,这是1902年许多报刊竞相披露的新闻。他乘游艇沿着各处海岸游玩了五年,所到之处大受欢迎,然后来到苏必利湖的少女湾,成为詹姆斯·盖兹的命中贵人。

当年轻的盖兹扶着双桨,仰望围着栏杆的甲板,那艘游艇在他眼里代表了人世间所有的美丽和魅力。我猜想他对科迪微笑了——他可能早已发现人们喜欢他的笑脸。反正科迪问了他几个问题(其中之一引出了那个崭新的名字),发现他机智敏捷,而且又极有抱负。几天后,科迪把他带到德卢斯[2],给他买了一件蓝色的上衣、六条白色的帆布裤和一顶游艇帽。当"陀罗美号"扬帆前往西印度群岛和巴贝里海岸[3]时,盖茨比也跟着去了。

他并没有特定的职务——陪在科迪身边时,他先后当过厨房总管、大副、船长和秘书,甚至当过监护人,因为清醒的达恩·科迪知道醉后的达恩·科迪会做出各种挥金如土的荒唐事,于是逐渐把各种重要的任务都托付给盖茨比。这种关系维持了五年,在此期间"陀罗美号"环绕美洲大陆转了三圈。它本来会永久持续下去的,只是某天夜里艾拉·凯伊在波士顿登上了游艇,

---

1 曼特农(Madame de Maintenon,1635–1719),法国国王路易十四的第二任妻子,她原本出身贫寒,但后来通过各种手段,爬上了权力的高位。

2 德卢斯(Duluth)是明尼苏达州的港口城市,圣路易郡的郡治所在。

3 西印度群岛是北美洲的岛群,在墨西哥湾和加勒比海之间;巴贝里海岸,即北非的中西部地区,相当于今天的摩洛哥、阿尔及利亚、突尼斯及利比亚。

一个星期之后，达恩·科迪被活活气死了。

我记得曾在盖茨比的卧室见过他的照片，这老人满头白发，面色红润，有一张冷酷无情的脸。他是那种沉湎酒色的拓荒者；这类人曾在某个时期将西部妓院酒馆的粗暴习气带到东部沿海地区的社交生活中来。大概是受到科迪的间接影响吧，盖茨比基本上不喝酒。在那些欢乐的宴会上，常常有女人死皮赖脸向他劝酒，但盖茨比本人早就养成了远离酒精的习惯。

他继承的钱其实来自科迪，一笔两万五千美元的遗产。他没拿到这笔钱。他始终不明白别人用来对付他的法律手段，但数百万美元完完整整地都归艾拉·凯伊所有了。他得到的是一段特别适合他的教育；杰伊·盖茨比原本只是模糊的轮廓，这时已经变得具体而形象了。

这个故事是他很久以后才告诉我的，我在这里写下来，是为了替他辟谣，那些有关其经历的传言，没有一丁半点是真的。再者，他跟我说起这些话时，我对他的看法已经很矛盾了，既相信他说的都是真话，又觉得半句都不可信。所以我趁这个短暂的停顿，趁着命途多舛的盖茨比终于能喘口气的时候，把它写出来以正视听。

当时我和他的交往也陷入了停顿。我接连几个星期没有见到他，也没在电话里听到他的声音。大多数时间我住在纽约，和乔丹谈情说爱，试图讨好她那年迈的姑妈。但最后我又去他家了，是在某个星期天下午。我进去还不到两分钟，就有人带着汤姆·布坎南来讨杯酒喝。我当然吓坏了，但其实真正值得吃惊的是，这种事情居然直到现在才发生。

他们三个人之前在外面骑马——汤姆、一个叫斯隆的男人，还有个漂亮的女人，她穿着棕色的骑马服，以前来过这里的。

"我很高兴见到你们，"盖茨比站在门廊上说，"很欢迎你们进来坐坐。"

其实他们才不管盖茨比是否欢迎呢！

"请坐，请坐。来根香烟或者雪茄吧。"他在客厅里匆匆地走来走去，不停地按铃叫佣人来。"喝的东西马上就来。"

汤姆的光临让他有点措手不及。但反正每逢有客人上门，他总是很拘谨地忙着拿东西出来招待他们，因为他其实隐约知道这些人就是为了这个来的。斯隆先生什么都不想要。来杯柠檬汁？不用啦，谢谢。香槟呢？什么都不要，谢谢……真是抱歉……

"你们骑马骑得好吗？"

"这周围的道路非常好。"

"我想汽车不……"

"是啊。"

盖茨比抑制不住心里的冲动，转头去看汤姆，刚才他是被当成陌生人介绍给盖茨比的。

"我们以前见过面的，布坎南先生。"

"是啊，"汤姆强装礼貌地说，但他显然没想起来。"我们见过。我记得非常清楚。"

"大约两个星期前。"

"对,对。当时你和尼克在一起。"

"我认识你太太,"盖茨比继续说,这几乎是挑衅了。

"真的吗?"

汤姆扭头看着我。

"尼克,你就住在附近吗?"

"隔壁。"

"真的吗?"

斯隆先生没有开口,而是大模大样地靠在椅背上;那女人也没有说话——后来两杯香槟下肚,她突然变得健谈起来。

"下次我们都来参加你的宴会吧,盖茨比先生,"她提议说,"你觉得呢?"

"当然好啊,你们肯来我很高兴。"

"非常好,"斯隆先生毫不感激地说,"嗯——我们应该回家了。"

"不要这么着急,"盖茨比恳切地对他们说。现在他变得镇定了,想要多了解汤姆。"你们何不……何不留下来吃晚饭呢?说不定纽约也会有人来呢。"

"你到我家吃饭吧,"那位女士热心地说,"你们俩都来。"

她连我也请了。斯隆先生站起来。

"走吧,"他说——但只对那位女士说。

"说真的，"她执意地说，"我希望你们去。我家地方很大。"

盖茨比犹疑地看着我。他想要去，但没看出来斯隆先生刚刚表示他不该去。

"我恐怕去不了，"我说。

"好吧，那你来，"她极力邀请盖茨比。

斯隆先生在她耳边嘀咕了几句。

"现在出发就还来得及，"她大声地固执己见。

"我没有马，"盖茨比说，"以前我在部队常常骑，但我没买过马。我只能开车跟你们去了。请稍等我一分钟。"

我们四个人走到门廊，斯隆和那位女士站到旁边，激烈地争论着。

"天哪，他居然要去，"汤姆说，"难道他不知道她根本不想请他吗？"

"她说她要请的。"

"她今晚有个盛大的宴会，他去了谁也不认识。"他皱起眉头，"我很奇怪他到底是在哪里遇到黛熙的。上帝作证，可能我是老思想，但现在的女人到处抛头露面，在我看来是不合适的。她们会遇到各种各样的疯子。"

斯隆先生和那位女士突然走下了台阶，登上他们的马。

"走吧，"斯隆先生对汤姆说，"我们迟到啦。赶快走。"然后又对我说："跟他说我们没时间等了，好吗？"

汤姆和我握手道别，另外两人跟我冷淡地点了点头，然后他们沿着车道一溜快跑，消失在八月的树荫里。这时盖茨比手里拿着帽子和薄外套，正好走出前门。

汤姆显然不放心黛熙一个人出来玩，因为接下来那个星期六晚上，他陪黛熙来参加盖茨比的宴会。也许他的出席使那天晚上的气氛变得特别压抑——那年夏天我在盖茨比家参加了不少宴会，这次印象尤其深刻。人还是那些人，至少还是那类人，香槟还是源源不断地漫溢着，还是五颜六色、七嘴八舌的喧闹，但我觉得现场有一种不愉快的感觉，充盈着一种沉闷的氛围。或许是因为我早已习惯了这样的场合，渐渐认为西卵自成天地，有其自身的风俗和独特的人物，是独一无二的好地方，但现在我却通过黛熙的眼睛来重新认识它。如果你用新的眼光来看待你费了很大劲才适应的事物，感到难受总是不可避免的。

他们来时已是黄昏。我们在数百位耀眼的客人中漫步，黛熙的喉咙不断弹奏出婉转动听的呢喃。

"这种场合让我很兴奋，"她低声说，"如果你今晚想要亲我，尼克，请随时跟我说，我会很乐意替你安排的。你只要喊我的名字。或者出示一张绿卡片。我正在散发绿……"

"请四处看看，"盖茨比提议说。

"我一直在看呀。我觉得真是太……"

"你肯定看到许多闻名已久的人物。"

汤姆傲慢的眼睛扫视着人群。

"我们很少出来玩，"他说，"其实我刚才还觉得这里一个认识的人都没有。"

"也许你认识那位女士。"盖茨比指着一个明艳照人、美若兰花的女人，她雍容地坐在一株白梅树下。汤姆和黛熙望过去，认出那是某个向来只在大银幕上见到的电影明星，简直不敢相信这是真的。

"她好美啊，"黛熙说。

"在她面前弯着腰那人是她的导演。"

他郑重其事地带他们认识一群又一群的宾客。

"这位是布坎南太太……这位是布坎南先生……"略微犹豫之后，他立即补充说，"马球高手。"

"谬赞啦，"汤姆赶紧谦让，"我算不上。"

但盖茨比显然很喜欢这个称号，因为那天晚上他逢人便说汤姆是"马球高手"。

"我从来没见到过这么多名人，"黛熙惊喜地说，"我喜欢那个人，他叫什么名字？鼻子有点发青那个。"

盖茨比说出那人的名字，又说他只是个小制片人。

"嗯，反正我喜欢他。"

"我宁愿自己不是马球高手，"汤姆高兴地说，"我宁愿当一个景仰这些著名人物的……无名小卒。"

黛熙和盖茨比跳舞了。我记得当时很吃惊，因为他的狐步舞跳得既优雅又合拍——而在此之前我从未见他跳过舞。然后他们漫步到我家，在台阶上坐了半个小时，而我则应黛熙的要求，在花园里望风。"以防走火或者发洪水，"她解释说，"或者有什么天灾。"

我们一起坐下来吃晚餐时，汤姆这位无名小卒出现了。"你介意我去陪那些人吃饭吗？"他说，"那边有个家伙说话很风趣。"

"去呀，"黛熙善解人意地说，"把我这支小金笔拿去，你想记下地址的时候可以用。"……过了片刻，她望望四周，告诉我那个女孩"粗俗但很漂亮"，我知道除了和盖茨比独处那半个小时，她其实过得并不快乐。

我们这桌人喝得特别醉。这都怪我——盖茨比被叫去听电话，而两个星期前刚认识那些人的时候，我觉得他们还挺有趣的。但原本让我感兴趣的东西这时已经变得索然无味。

"你还好吧，贝德克小姐？"

我问候的那女孩正要向我的肩膀靠过来，但还没靠到。听到这句话，她立刻坐直了，睁开了眼睛。

"什么啊？"

有个昏昏欲睡的大块头女人刚才一直在敦促黛熙明天陪她到本地的俱乐部打高尔夫球，这时她替贝德克小姐打圆场说："哎呀，她没事的啦。她要是喝上五六杯鸡尾酒，就会像这样大喊大叫。我早就跟她说过不能多喝酒的。"

"我确实没多喝呀，"受指责的那位茫然地说。

"那次我们听见你在大叫,所以我对这里的西维特医生说:'有个人需要你的帮助,医生。'"

"她很领你的情,这是肯定的,"另外一位朋友毫不感激地说,"可是当时你把她的头按到游泳池里,把她的裙子都弄湿了。"

"我最讨厌的事情就是别人把我的头按到游泳池里,"贝德克小姐口齿不清地说,"有一次在新泽西他们差点把我淹死。"

"那么你应该戒酒,"西维特医生反驳说。

"说说你自己吧!"贝德克小姐激动地喊道,"你的手抖个不停。我就算要做手术也不找你开刀!"

情形大概就是这样。我记得到最后我和黛熙站在一起看着那位电影导演和他的明星。他们仍在白梅树下,两张脸凑得很近,中间只隔着一道淡淡的月光。我怀疑那导演整晚都在以非常缓慢的速度朝女明星弯下腰去,到现在终于靠得这么近了。然后我看见他弯下最后一度,亲上了她的脸颊。

"我喜欢她,"黛熙说,"我觉得她很漂亮。"

但别的一切都让她反感——她也说不出个所以然来,因为她的反感并不针对具体的东西,而是一种整体的感觉。她厌恶西卵,几个百老汇名流的光临就让这个长岛渔村硬生生地变成前所未有的"胜地"。她厌恶那种与老派社交礼仪龃龉不合的粗俗习气,厌恶西卵居民那种原本家徒四壁而后富可敌国的过于突兀的命运。她无法理解这种简单的现象,所以觉得实在是太可怕了。

我陪他们坐在前门的台阶上等车。这里很暗,只有明亮的前门发出十平方英尺的光线,击破了黎明前的幽黑。楼上更衣室的百叶窗上不时有人影闪过,这些络绎不绝的人影大概是在对着一面看不见的镜子涂脂抹粉吧。

"这个盖茨比到底是什么人?"汤姆突然气势汹汹地问,"一个大私酒贩子?"

"你在哪里听来的?"我问。

"这不是我听来的。是我想到的。许多这种暴发户其实都是大私酒贩子,你也知道的。"

"盖茨比不是这种人,"我懒得多说。

他沉默了片刻。车道的碎石被他踩得吱嘎响。

"他肯定花了很大力气才把这些九流三教的人请到一起。"

微风吹得黛熙的灰皮领上的细毛像薄雾般轻轻晃动。

"这些人至少比我们认识那些有趣多了,"她不自然地说。

"刚才你好像不怎么高兴啊。"

"谁说的,我很高兴。"

汤姆哈哈大笑,扭头看着我。

"你刚才注意到黛熙的脸色吗?就是那个喝醉的女孩请黛熙替她冲冷水澡那会儿。"

黛熙开始跟着音乐轻轻地歌唱,她的歌喉婉转而动听,把每个字都唱得具有一种以前从未有过、将来也不会再有的意义。她曼妙的歌声随着曲调的高低而变化,其音色之纯美足以媲美女低音歌唱家,时而低回时而激昂地将她温馨的魅力挥洒给夜空。

"这里有许多人是不请自来的,"她突然说,"那女孩就没受到邀请。他们直接闯上门来,他又不好意思拒绝。"

"我想知道他是什么人,做什么事,"汤姆旧话重提,"我想我会搞清楚的。"

"我现在就可以告诉你,"她回答说,"他是开药房的,有很多家大药房。那些都是他亲手创办的。"

那辆姗姗来迟的豪华轿车缓缓地驶过来。

"晚安,尼克,"黛熙说。

她的目光离开我,直奔光线明亮的台阶上端而去,那年流行的伤感华尔兹舞曲《凌晨三点钟》[1]正从前门飘扬而出。终归到底,盖茨比的宴会虽然不讲繁文缛节,却有着罗曼蒂克的可能性,而这在她的世界里是完全没有的。这首动听的乐曲不就引得她忍不住想要回到里面吗?在随后几个小时,那昏暗的大厅里会发生什么事情呢?也许会有一位不可思议的宾客,一个倾城倾国的佳人,一个明艳动人的少女,向盖茨比投去倾慕的眼神,然后刹那间的神奇邂逅就会把五年的坚贞不渝一笔勾销。

那晚我待了很久。盖茨比让我等到他有空再聊几句,于是我

---

[1] 《凌晨三点钟》(*Three o'clock in the Morning*)是一首当年很流行的华尔兹歌曲,通常在舞会或者宴会结束时播放。西奥多娜·莫斯(Theodora Morse)作词,朱利安·罗波多(Julian Robledo)作曲,1922年,保罗·惠特曼和他的管弦乐团灌录了这首歌曲。

在花园里流连,直到那些下海游泳的客人浑身哆嗦、嘻嘻哈哈地从黝黑的沙滩跑上来,直到楼上那些客房的灯光都熄灭了。然后他终于从台阶上走下来,他那晒得发黄的皮肤在脸上绷得异乎寻常的紧,眼睛还是很亮,但有点倦意。

"她不喜欢这场宴会,"他迫不及待地说。

"她当然喜欢啦。"

"她不喜欢的,"他固执地说,"她今晚玩得不是很高兴。"

他沉默了半晌,我猜他心里大概有什么说不出的苦恼。

"我感觉和她离得很远,"他说,"很难让她明白我的想法。"

"你是说跳舞的事情吗?"

"跳舞?"他打个响指,把他开过的所有舞会都取消了,"老兄,跳舞并不重要。"

他对黛熙没别的要求,只希望她走到汤姆面前并说:"我从来没有爱过你。"在她用这句话抹杀过去四年之后,他们就能决定要采取哪些更为实际的步骤。其中一个步骤是,等她恢复自由,他们将会重返路易斯维尔,在她家举办婚礼——仿佛一切回到了五年前。

"她不理解,"他说,"她以前很善解人意的。我们常常坐上几个小时……"

他说到这里就停了,开始凄凉地在满地果皮、客人收下又丢弃的礼物和被踩烂的花朵之间走来走去。

"还是别要求她太多吧,"我斗胆提议,"人是无法回到从前的。"

"无法回到从前?"他不以为然地喊道,"当然是可以回去的!"

他神经兮兮地东张西望,仿佛"从前"就躲在他的房子的阴影里,只要伸出手就能抓到。

"我会把所有事情安排得像从前那样,"他坚决地点着头说,"她会明白的。"

他说了许多从前的事,我觉得他是想找回某种他和黛熙恋爱时丢失的东西,也许是他对自己的某些看法。他的生活在那以后变得混乱不堪,但如果他能回到某个起点,慢慢地重新再来,他就能找到丢失的到底是什么……

……五年前的某个秋夜,他们在街上走啊走,落叶纷纷飘下,他们走到一个没有树的地方,人行道上洒满了皎洁的月光。他们在那里停下脚步,转身彼此对视。夜凉如水,空气中弥漫着每年夏秋之交特有的神秘而兴奋的气息。安静的灯光从几处屋宇中透射出来,打破了黑暗的夜色,天上的星星也不肯安宁,片刻不停地闪烁着。借眼角的余光望去,盖茨比看见一段一段的人行道变成了梯子,直通到树梢上方某个秘密的地方——只要他独自往上爬,他就能爬上去;爬到顶部之后,他就能吮吸生活的乳头,大口大口地喝下那无与伦比的神奇奶汁。

眼看黛熙白皙的面庞向他的脸凑过来，他的心越跳越快。他深深地知道，只要他亲吻这个女孩，让他那些无法言喻的梦想和她容易消失的呼吸永远地结合起来，他的精神就再也不能像上帝那样自由自在、毫无羁绊了。所以他等待着，再次静静地倾听自己内心的声音。然后他亲吻了她。在他的嘴唇的触碰之下，黛熙像花朵般为他盛放，而他从此也就脱胎换骨，完全变成了另外一个人。

听完他说的这番话，听完他伤感的回忆，我似乎想起了什么——某段飘忽不定的乐曲，几句早已遗忘的歌词，也许是很久以前在某个地方听过的歌。刹那间，有句话试图通过我的嘴跑出来，而我的双唇像哑巴那样张开，仿佛除了一丝受惊的空气，还有什么在它们之上挣扎。但它们终于没有发出声音，而我几乎就要想起来的东西，也变得永远不可言传。

第七章

就在人们对盖茨比的好奇达到顶点期间,有个星期六晚上,他家的灯光竟然没有亮起——如同当初莫名其妙开始那样,他的特里马乔[1]生涯莫名其妙结束了。起初我倒没注意,后来才发现那些轿车满怀希望地驶入他的车道,只待上不到一分钟,就大失所望地离开了。我怀疑他可能病了,于是走过去想要看个究竟——有个面目狰狞的陌生男佣打开门,狐疑地斜眼看着我。

"盖茨比先生病了吗?"

"没有。"过了片刻,他才勉为其难地补上"先生"两个字。

"我最近没看到他,所以有点担心。请跟他说卡拉威先生来过。"

---

[1] 特里马乔(Trimalchio)是古罗马作家佩特罗尼乌斯的小说《萨蒂利孔》中的人物,他通过自己的努力工作和不懈奋斗获得了财富和权力,以慷慨大方、热情好客著称。菲兹杰拉德最初曾打算将这本小说命名为《西卵的特里马乔》。

"什么先生?"他相当无礼地问。

"卡拉威。"

"卡拉威。好的,我会跟他说的。"

他猛然砰地把门关上。

我的芬兰女佣告诉我,盖茨比上星期解雇了家里所有佣人,另外请了五六个来,这些人从不为了回扣到西卵村的商店买东西,而是通过电话订购数量不多的日常用品和食物。杂货店的小伙子说厨房脏得像猪圈,村民普遍认为这些新来的根本不是佣人。

第二天盖茨比给我打电话。

"你要出远门啦?"我问。

"没有,老兄。"

"听说你解雇了所有的佣人。"

"我需要不会说闲话的佣人。黛熙最近经常来——都是在下午。"

原来这整座大酒店会像纸牌搭的房子那样倒掉,只是因为黛熙看不顺眼。

"他们是沃夫希姆的手下,正好要找事情做。他们都是兄弟姐妹,原来开过一家小旅馆。"

"我明白了。"

他打电话来是受黛熙之托——我明天能到她家吃午饭吗?贝克小姐也会去。半小时后,黛熙亲自打来电话,发现我愿意去,她似乎很欣慰。可能会有事发生。可是我不敢相信他们会选择这样的场合来摊牌——他们居然准备落实盖茨比那晚在花园里提出的计划，让黛熙和汤姆从此恩断义绝。

隔日天气很热，虽然暑气将尽，但那天肯定是当年夏季最热的。当我乘坐的火车从隧道驶入阳光里，只有国民饼干公司[1]火辣的哨声打破了正午炙热的静寂。车厢里的稻草座席简直就要起火，坐在我身边的那个女人起初还矜持地任由汗水浸湿她的束腰衬衣，后来她的报纸也被顺着手指流下的汗水弄湿，这时她热得整个人都蔫下来了，发出绝望的哀叹。她的钱包啪地一响掉在地上。

"哎呀！"她惊呼。

我吃力地弯下腰，把它捡起来，递还给她。我拈着钱包的一角，把手伸得长长的，表示我对它并无非分之想——但周围的每个乘客，包括那位女士，还是怀疑我想将其据为己有。

"好热啊！"售票员对那些熟悉的面孔说，"这鬼天气……好热！……好热！……好热啊！……你们觉得热吗？热不热呀？热……"

我的车票回到我手上时，已经多出他的手留下的黑印。天气这么热，怎么还会有人关心他亲吻过谁的红唇，谁的眼泪流湿了他胸前的睡衣口袋呢！

……盖茨比和我站在布坎南家门口等待着，这时门厅里吹出微弱的风，带来一阵电话的铃声。

---

1 美国著名的饼干制造商，也称为纳贝斯克（Nabisco），即奥利奥的生产商。

"我家主人的尸体？"管家对着话筒大声说，"对不起，太太，我们交不出来……今天中午太热了，碰都没法碰！"

其实他说的是："是的……是的……我看看。"

他放下听筒，向我们走过来，看上去有点冒汗，伸手接过我们的硬草帽。

"夫人在客厅恭候两位！"他响亮地说，毫无必要地指出了方向。在这么热的天，每个多余的动作都是对生命能量的浪费。

由于窗户外面都装了遮阳篷，客厅里很阴凉。黛熙和乔丹躺在巨大的沙发上，好像两身银像，各自压住自己的白色长裙，以免被嘶嘶响的电风扇吹动。

"恕我们不能站起来招呼你们啦，"她们异口同声地说。

乔丹涂了白粉的棕色手指在我手心搁了片刻。

"马球高手托马斯·布坎南先生呢？"我问。

话音刚落，我就听到他的声音，粗着嗓子低声地在门厅里接电话。

盖茨比站在绯红色的地毯中央，好奇地四处看看。黛熙望着他，发出甜腻而兴奋的笑声，有些细小的粉末从她胸口冉冉升起。

"有人造谣说，"乔丹压低声音说，"打电话来的是汤姆的相好。"

我们默不作声。门厅里的声音变得愤激起来："非常好，我根本就不想把车卖给你……我又不欠你什么东西……下次别在午餐时间来骚扰我，否则我对你不客气！"

"他挂上话筒说给我们听的,"黛熙嗤之以鼻地说。

"不是啦,"我安慰她说,"这门生意如假包换。我正好有所了解。"

汤姆猛地推开房门,庞大的身躯霎时把门口堵住,然后阔步走进客厅。

"盖茨比先生!"他很好地掩饰了他的憎恶,伸出他那扁平的大手,"很高兴见到你,先生……尼克……"

"给我们弄点冷饮来啊,"黛熙大声地说。

看到汤姆又走出客厅,她赶紧站起来,走到盖茨比身边,捧着他的脸往下拉,向他的嘴亲过去。

"我爱你,你知道的,"她喃喃地说。

"别忘了有女客在场,"乔丹说。

黛熙转过头来,满是不解的神色。

"你也可以亲亲尼克呀。"

"这女人多么低俗!"

"我不管!"黛熙昂然自若地说,随即在砖砌的壁炉前跳起舞来。然后她想起来天太热,又羞赧地坐到沙发上,这时有个穿着整洁的保姆领着一个小女孩走进客厅。

"乖——宝贝,"她哄着说,同时伸出了双手,"来妈妈这里,妈妈最爱你啦。"

保姆把手松开,那孩子从客厅门口冲过来,害羞地把头埋进她母亲的裙子里。

"乖乖的宝贝啊!妈妈的粉有没有沾到你黄黄的头发呀?快站起来,跟客人说'你好'。"

盖茨比和我轮流弯下腰,握住那只畏缩的小手。然后他一直惊奇地盯着那孩子看。我想他以前并不相信这个孩子真的存在。

"我还没吃午饭就穿上漂亮衣服了,"那孩子说,热切地转身给黛熙看。

"那是因为你妈妈需要你来长脸呀,"她弯下腰去亲亲那女孩细细的白皙脖子,"你真美啊,你绝对是个小美人。"

"是的,"那孩子镇定地承认,"乔丹阿姨也穿着白裙子。"

"你喜欢妈妈的朋友吗?"黛熙把她转过来,让她面对着盖茨比,"你觉得他们漂亮吗?"

"爸爸在哪里?"

"她长得不像她父亲,"黛熙解释说,"她长得像我。她的头发和脸型都像我。"

黛熙又往后靠到沙发上。保姆向前踏上一步,伸出她的手。

"来吧,小帕。"

"再见,乖女儿。"

那个很有家教的女孩被保姆拉着,恋恋不舍地回头望,被拉出了客厅。这时汤姆正好回来,端着四杯装满冰块的金酒。

盖茨比拿起他的酒杯。

"看上去蛮冰凉的,"他说,显得很紧张。

我们慢慢地、贪婪地喝着酒。

"我在什么地方看到有人写文章说,太阳一年年变得越来越热,"汤姆友善地说,"好像过不了多久,地球就会掉进太阳里——哦,不对,我说错了。恰好相反,太阳是一年年变得越来越冷。"

"到外面去吧,"他动员盖茨比说,"我想让你看看这个地方。"

我随他们走到外面的阳台。碧绿的海湾在闷热的空气中波澜不兴,但见一艘小小的帆船慢慢地向远海爬去。盖茨比目送它航行了片刻,然后举起手,指着海湾彼岸。

"我就住在你家正对面。"

"是啊。"

我们的眼睛越过玫瑰花丛、炎热的草坪和海边无精打采的杂草。那艘小船的白翅膀在湛蓝的天空下缓缓移动。前方是扇贝般的海面和许多美丽的小岛。

"这是多好的运动啊,"汤姆点着头说,"我真想去跟他玩上个把小时。"

午饭是在餐厅吃的,那里也很阴凉,大家强颜欢笑地喝着冰凉的麦芽酒。

"今天下午大家做什么好呢?"黛熙大声说,"明天呢?今后三十年呢?"

"别担心,"乔丹说,"等到秋高气爽,生活又会重新开始。"

"但这天太热了,"黛熙固执地说,眼泪就要夺眶而出,"什么事都是乱七八糟的。我们到城里去吧!"

她的声音在闷热中挣扎,不停地拍打着它,把无影无踪的它变得有形有状。

"我曾听说有人把马房改成车库,"汤姆对盖茨比说,"但把车库改成马房的,在下还是第一个。"

"谁要去城里?"黛熙毫不动摇地说。盖茨比的眼光向她飘过去。"哎呀,"她高兴地说,"你看上去真酷。"

他们的眼神相遇了,开始凝望着对方,旁若无人的样子。黛熙勉强把眼光降到餐桌上。

"你总是这么酷,"她又情不自禁地说。

她刚才说过她爱盖茨比,现在汤姆·布坎南亲眼看到了。他惊呆了。他微微张开了嘴巴,看看盖茨比,又看看黛熙,仿佛刚刚认出黛熙就是他很久以前认识的某个人。

"你很像广告里那个人,"她毫无察觉地接着说,"你知道的,广告里那个人……"

"好啦,"汤姆赶紧插口说,"我完全同意去城里。走吧——我们大家都去城里。"

他站起来,眼睛仍在盖茨比和黛熙之间瞟来瞟去。没有人动。

"走啊!"他有点生气了,"到底怎么回事?如果想去城里,那就动身啊。"

他强压心里的怒气,用有点发抖的手拿起杯子,把剩下的麦芽酒一饮而尽。黛熙开口让我们站起来,大家都走到外面热气腾腾的车道上。

"我们就这样走吗?"她反对说,"这样就走了啊?也不让人先抽根烟?"

"午饭的时候每个人都抽了很多烟。"

"哎呀,你开心点好不好,"黛熙恳求他,"天气这么热,你就别发火了。"

他没有回答。

"随便你吧,"她说,"走吧,乔丹。"

她们到楼上去准备,我们三个大男人站在车道上,用脚把滚烫的石子拨来拨去。一弯银月已经悬挂在西天。盖茨比想要说话,又改变了主意,但这时汤姆已经转过身来,期待地看着他。

"你这个地方有马房吗?"盖茨比勉强地说。

"沿着这条路过去,走大概四分之一英里就到了。"

"哦。"

大家默默无言。

"真不知道为什么要到城里去,"汤姆毫无风度地说,"女人的头脑里总是有这些古怪的想法……"

"我们应该带些喝的吧?"黛熙在楼上的窗户喊道。

"我去弄点威士忌,"汤姆回答说。他进了屋子。

盖茨比动作生硬地转向我。

"在他家里我什么话也不能说,老兄。"

"她这人说话不经头脑的，"我说，"她的声音充满了……"我欲言又止。

"她的声音充满了金钱，"他突然说。

正是如此。我以前没想到。黛熙的声音确实充满了金钱——她那抑扬顿挫、银铃般叮当悦耳、铙钹般清脆动听的声音蕴含着的，正是这种无穷的魅力……仿佛她是白色宫殿里高高在上的公主，是黄金铸就的女郎……

汤姆从屋子里走出来，手里抓住一个用毛巾包住的大瓶子，跟在他身后的是黛熙和乔丹，她们头上都戴着闪亮的小帽子，手臂上披着薄纱。

"大家都坐我的车去吧？"盖茨比提议说。他摸了摸滚烫的绿皮座椅。"我应该把它停在阴凉的地方。"

"你这辆车是手排挡吧？"汤姆问。

"是的。"

"很好，你开我的跑车，让我开你的车到城里。"

这个提议让盖茨比很郁闷。

"我怕汽油可能不够用，"他表示反对。

"汽油还有很多，"汤姆粗声说。他看了看油表。"就算用光了，就找个药店呗。现在药店里什么都有卖。"

听完这句显然毫无意义的话，大家默不作声。黛熙皱眉看着汤姆，盖茨比脸上闪过一丝阴晴不定的表情。这种表情我觉得非常陌生，又隐约能够认出来，仿佛我只听人用言语描述过。

"走吧，黛熙，"汤姆说着用手将黛熙往盖茨比的车上推，"我开这辆马戏团的花车带你。"

他打开车门，但黛熙走出了他的臂弯。

"你带尼克和乔丹吧。我们开跑车跟在你们后面。"

她走到盖茨比身边，拉着他的外套。乔丹、汤姆和我坐进了盖茨比那辆车的前排座位，汤姆试探着推动那不熟悉的挡位杆，于是我们冲进了逼人的热浪之中，将他们甩得不见踪影。

"你看到了吗？"汤姆气鼓鼓地问。

"看到什么？"

他冷冷地望着我，看来已经明白乔丹和我早就知道了。

"你认为我是个白痴，对吧？"他说，"也许我确实是，但我有——我有一种第二知觉，它有时候会告诉我该怎么办。说了你也许不信，但科学……"

他说到这里停了下来。眼前紧急的情况占了上风，将他从理论的深渊边缘拉回来。

"我对这个家伙做过一番小小的调查，"他接着说，"调查本来可以更深入的，只可惜我……"

"你是说你请灵媒了吗？"乔丹幽默地问。

"什么？"看到我们哈哈大笑，他大惑不解地说，"灵媒？"

"问盖茨比的底细啊。"

"问盖茨比的底细？不，我没有。我是说我对他的经历做过一番小小的调查。"

"然后你发现他是牛津大学毕业的,"乔丹帮腔说。

"牛津大学毕业的!"他完全不信。"就凭他那副鸟样!你看他的西装都是红色的。"

"可他就是牛津毕业的呀。"

"新墨西哥州的牛津吧,"汤姆嗤之以鼻地说,"或者什么叫这个名字的烂野鸡大学。"

"喂,汤姆,既然你这么瞧不起他,干吗还请他到你家吃午饭呢?"乔丹生气地质问他。

"是黛熙请的,她在我们结婚前就认识他了——天知道是在什么地方!"

这时我们都有点心浮气躁,因为麦芽酒的后劲上来了。由于意识到这一点,我们默默地开着车。等到艾克堡医生那双褪色的眼睛在马路的尽头出现时,我想起了盖茨比的警告,怕汽油不够用。

"剩下的油足够开到城里了,"汤姆说。

"但那边就有个汽修厂,"乔丹表示反对,"天气这么烤人,我可不想车开到半路走不了。"

汤姆暴躁地猛踩刹车,车子突然激起阵阵尘土,停在威尔逊的招牌下。过了片刻,老板从汽修厂走出来,两眼无神地盯着轿车看。

"给我们加点油!"汤姆粗鲁地大喊,"你以为我们停下来干什么……欣赏风景吗?"

"我生病了，"威尔逊毫不动弹地说，"今天一天都很难受。"

"怎么回事？"

"我累坏了。"

"难道要我自己动手吗？"汤姆质问他，"刚才在电话里你听上去很精神。"

威尔逊吃力地离开阴凉处，不再靠着门框，喘着气拧开油箱的盖子。他的脸在阳光下是绿色的。

"我也不想打扰你吃午饭，"他说，"但我特别需要钱，我想知道你准备怎么处理你的旧车。"

"你觉得这辆怎么样？"汤姆问，"我上星期才买的。"

"很漂亮的黄色轿车，"威尔逊说，使劲地摇动把手。

"你想买吗？"

"非常想啊，"威尔逊孱弱地笑了，"其实不想啦，但另外那辆可以让我赚点钱。"

"你要钱干什么，这么突然？"

"我在这里待得太久了。我想要离开。我太太和我想到西部去。"

"你太太想去？"汤姆惊得叫了起来。

"她说了有十年啦，"他一只手扶着油泵休息了片刻，一只手替眼睛挡住阳光。"现在她不管想不想都得去。我要带她离开这里。"

跑车从我们身边疾驰而过,激起一溜灰尘,车上有人挥着手。

"多少钱?"汤姆恶狠狠地问。

"我前两天才发现事情有点不对劲,"威尔逊说,"所以我想要离开。所以才会打扰你,问你那辆车的事。"

"多少钱?"

"一块二。"

在热浪无休无止的拍打之下,我开始有点糊涂了;我先是感到大事不妙,然后才明白威尔逊的疑心迄今尚未落到汤姆身上。他已经发现梅朵背着他,在别的世界有某种生活,他惊慌得生起病来了。我看看他,又看看汤姆;不到一个小时之前,汤姆也发现了相同的事情——我突然想到,人与人之间的差别,无论是智力的高低还是种族的不同,都不如生病与健康的差别来得复杂。威尔逊病得十分厉害,看上去一副罪不可赦的样子——好像他刚刚搞大了某个无知少女的肚子。

"我会把车卖给你的,"汤姆说,"明天下午我派人送过来。"

这地方总是让人隐隐感到不安,哪怕在光天化日之下,这时我觉得后面好像有点不对劲,于是转过头去。在众多垃圾堆的上方,艾克堡医生的巨眼依然监视着这里,但过了一会儿,我发现不到二十英尺开外,另外有双眼睛正在特别专注地看着我们。

汽修厂楼上有扇窗户的帘子被拉开了一点点,梅朵·威尔逊俯视着那辆轿车。她看得很出神,都没发现有人正在看着她,一种接一种的感情偷偷爬上她的脸庞,就像冲照片时各种东西慢慢地显露出来那样。她的表情既熟悉又奇怪——我常常在女人的脸上看到这种表情,但它出现在梅朵·威尔逊脸上显得毫无意义和不可理解,然后我明白了,原来她那双因妒忌和惊恐而睁得很大的眼睛盯着的不是汤姆,而是乔丹·贝克。她误以为乔丹就是汤姆的妻子。

头脑简单的人不犯浑则已,犯起浑来就非同小可;等到我们驱车离开时,汤姆急得如热锅上的蚂蚁。他的妻子和情妇在一个小时前似乎还对他死心塌地,但现在很快就要与他分道扬镳了。本能促使他猛踩油门,我怀疑他既是为了追上前方的黛熙,也是为了远离身后的威尔逊。于是我们以五十英里的时速朝阿斯陀利亚疾驰而去,然后在高架铁路蜘蛛网般的支架之间,我们看见了那辆不徐不疾的蓝色跑车。

"第五十街附近那些大电影院很凉快的,"乔丹提议说,"我喜欢夏日午后的纽约,大街上冷冷清清的,有一种非常诱惑的感觉——熟透的感觉,就好像各种稀奇古怪的果实随时会掉进你手里。"

"诱惑"这两个字让汤姆更加不安,但他还没来得及说什么,跑车已经停了下来,黛熙示意我们停到旁边。

"我们去哪儿呢?"她大声说。

"去看电影怎么样?"

"天气太热了啊,"她表示不满,"你们去吧。我们就兜兜风,然后再跟你们会合。"接着她勉强又憋出两句开玩笑的话。"我们约好在某个街角碰面吧。你们要是看见一个男人吸着两根香烟,那就是我。"

"别在这里吵架好不好,"汤姆暴躁地说,这时有辆货车在我们后面按响了咒骂的喇叭。"你们跟我来,到中央公园南边,广场酒店前面。"

他数次回头去望他们的车,如果他们被交通灯拦下,他就会减速,直到他们进入视线。我想他当时很害怕他们会拐进某条小巷,永远地驶出他的生活。

但他们没有那么做。比去看电影更不可思议的是,我们居然坐进了广场酒店某个套房的客厅。

走进房间之前那阵漫长而混乱的争吵我已全然忘了,我只深深地记得,在这个过程中,我的内裤像一条黏糊糊的蛇,不停地在我的双腿间爬来爬去,冰凉的汗珠在我后背滚滚而下。当时黛熙先是提议我们租五个浴室洗冷水澡,然后又提出更为可行的建议,"找个地方喝点冰镇薄荷酒"。每当有人提出新的想法,其他人就会反复地说"这个主意不好"——我们七嘴八舌地把酒店前台搞得不知如何是好,却以为,或者假装以为,我们这样很好玩……

房间很宽敞,也很闷热;虽然已经是下午四点,可是打开窗户后,乘隙而入的只有自公园灌木丛吹来的热风。黛熙走到镜前,背对着我们,站着梳理她的头发。

"这套房好漂亮哟,"乔丹装出乡巴佬进城的样子,敬仰地赞叹说,引得每个人都哈哈大笑。

"再打开一扇窗,"黛熙头也不回地下命令。

"没有窗啦。"

"那么打电话让他们送把斧头……"

"最好别再喊热了,"汤姆不耐烦地说,"你这样嚷个不停只会让天气热上十倍。"

他解开毛巾,把那瓶威士忌取出来,放在桌子上。

"你能别说她吗,老兄?"盖茨比淡定地说,"说要进城的人也是你。"

大家都不说话了。挂在钉子上的电话簿突然啪地掉在地上,乔丹立刻低声下气地说:"对不起"——但这次没有人笑。

"我来捡,"我主动说。

"还是我来吧。"盖茨比查看那根断开的绳子,"嗯"了一声,好像觉得很有意思,然后把电话簿丢到椅子上。

"这是你的口头禅,对吧?"汤姆冷冷地问。

"什么口头禅?"

"你满嘴都是'老兄'。这是从哪里学来的?"

"喂,看着我,汤姆,"黛熙从镜前转过身来说,"如果你准备进行人身攻击,我马上就离开这里。快打电话叫服务员送点冰块来喝薄荷酒。"

汤姆刚拿起话筒,压抑而炎热的空气中突然响起激情澎湃的音乐,我们侧耳细听,原来是门德尔松的《婚礼进行曲》,从楼下的舞厅传来。

"这么热的天,居然还有人结婚!"乔丹惊恐地说。

"你可别说——我就是在六月中旬结的婚,"黛熙回忆说,"六月的路易斯维尔!有人热晕过去了。晕过去那个人是谁呀,汤姆?"

"毕洛西,"他没好气地回答。

"对了,就是毕洛西。他的外号叫'方块',是个做纸盒的。真的,不骗你。他来自田纳西州的毕洛西。"

"他们把他抬到我家,"乔丹添油加醋地说,"因为我家和教堂只隔着两座房子。他赖了三个星期,后来我爸将他赶走了。他走后隔日,我爸就去世了。"隔了片刻,她补充道:"这两件事没有任何联系。"

"我认识孟菲斯的比尔·毕洛西,"我说。

"那是他的堂弟。他走前把整个家族的历史都说给我了。他送了我一根高尔夫球杆,我现在还在用呢。"

音乐声渐渐消歇,仪式正式启动,一阵持续很久的欢呼声飘进窗户,随之而来的是断断续续的叫好声,然后是激情澎湃的爵士乐,宣告舞会已经开始。

"我们老啦,"黛熙说,"如果我们还年轻,我们就会站起来跳舞。"

"别忘了毕洛西的前车之鉴,"乔丹警告她,"你是怎么认识他的,汤姆?"

"毕洛西?"汤姆努力回忆着,"我以前没有见过他。他是黛熙的朋友。"

"才不是呢,"黛熙否认,"我以前从没见过他。他是坐你包的火车来的。"

"是的,他说他认识你。他说他是在路易斯维尔长大的。火车快开的时候,阿萨·伯德把他带过来,问是否有位子给他。"

乔丹笑了起来。

"他可能是为了搭便车回家吧。他跟我说他是你在耶鲁的班长。"

汤姆和我茫然地看着对方。

"毕洛西?"

"首先,我们没有班长……"

盖茨比的脚不耐烦地在地上转来转去,汤姆突然望着他。

"对了,盖茨比先生,听说你是牛津毕业的。"

"倒也不能这么说。"

"是吗?我听说你去过牛津呢。"

"是的——我是去过。"

大家默不作声。然后汤姆用怀疑和侮辱的口气说:"你去那里的时间,大概跟毕洛西去纽黑文差不多。"

又是一阵沉默。有个服务员敲敲门,端着捣碎的薄荷叶和冰块走进来,但直到他说了"谢谢"并轻轻地关上房门,大家都没有说话。

"我刚才跟你说我去过那里,"盖茨比说,

"我听到了,但我想知道是什么时候。"

"那是在1919年,我只待了五个月。所以其实不能说我是牛津毕业的。"

汤姆四下环顾,想看我们的脸是否反映出他的怀疑。但我们都在望着盖茨比。

"那是停战后他们为部分军官安排的机会,"他接着说,"我们可以去英国或者法国的任何大学。"

我真想站起来,拍拍他的后背,为他叫好。我对他的信心又完全恢复了,以前也有过几次这样的情况。

黛熙站起来,强作欢颜,走到桌子旁边。

"把威士忌打开,汤姆,"她发布命令似的说,"我来给你弄点冰镇薄荷酒。然后你就不会这么丢人现眼了……你看看这些薄荷叶子!"

"且慢,"汤姆喝道,"我还有话要问盖茨比先生。"

"请讲,"盖茨比礼貌地说。

"你去我家到底是想闹什么事?"

他们终于翻脸了,这正中盖茨比下怀。

"他没有闹事,"黛熙绝望地来回看着他们俩,"闹事的人是你。请你自重一点好不好。"

"你居然要我自重!"汤姆不敢置信地说,"难道现在最时髦的事情就是袖手旁观放任来路不明的无名小卒跟你的太太做爱吗？哼，如果这样才算时髦，你尽可认为我很古板……这年头大家开始蔑视家庭生活和家庭制度了，我看接下去规矩都要被废掉，连黑人和白人也可以通婚了。"

他脸上涨得通红，满嘴胡说八道，好像他自己正在独自守卫着文明社会最后一道防线。

"这里大家都是白人，"乔丹嘀咕说。

"我知道我人缘不好。我没有大办宴席。我看在这个现代社会，你非得把家里变成猪圈才能交到朋友。"

我虽然很生气，大家都很生气，但他每次张开嘴巴，我都忍不住想笑。这人满肚子男盗女娼，竟然能够装得如此道貌岸然。

"我有话要告诉你，老兄……"盖茨比开口了。但黛熙猜到了他的用意。

"别说！"她无助地拦住了话头，"我们大家都回去吧。我们都回家了，好不好？"

"好啊，"我站起来，"走吧，汤姆。没有人想喝酒。"

"我倒想听听盖茨比先生有什么话要对我说。"

"你的太太并不爱你，"盖茨比说，"她从来没有爱过你。她爱的是我。"

"你肯定疯掉了！"汤姆脱口而出。

盖茨比猛然站起来，显得非常激动。

"她从来没有爱过你，你听到了吗？"他大喊，"她会嫁给你,只是因为当时我很穷,她又不想等我。这是个可怕的错误,但在她心里,她从未爱过别人,她只爱我!"

这时我和乔丹都想走,但汤姆和盖茨比争先恐后地硬要我们留下——仿佛他们都没有不可告人的秘密,仿佛能够见证他们的争风吃醋也是一种荣幸。

"坐下,黛熙,"汤姆想要装出父亲教育女儿的口气,但装得不像,"到底怎么回事?你从头到尾说给我听。"

"我已经告诉你怎么回事,"盖茨比说,"已经有五年了——你什么都不知道。"

汤姆转过身严厉地看着黛熙。

"你跟这个家伙来往了五年?"

"不是交往,"盖茨比说,"我们无法见面。但在这段时间里我们彼此相爱,老兄,而你什么都不知道。我常常想笑"——但他眼里毫无笑意——"因为你什么都不知道。"

"哦——原来不过如此。"汤姆粗壮的十指像牧师那样合了起来,向后靠着椅背。

"你疯掉了!"他破口大骂,"五年前的事我不管,因为那时我还没有认识黛熙——我真他妈不明白你怎么能接近她,除非你是从后门给她家送杂货的。但别的都他妈是一派胡言。黛熙嫁给我的时候很爱我,她现在也爱我。"

"不,"盖茨比摇摇头说。

"随便你怎么说,反正她确实爱我。问题在于,有时候她脑袋里会有些愚蠢的念头,也不知道她自己在干什么。"他自以为是地点点头,"更重要的是,我也爱黛熙。我偶尔也会寻欢作乐,干些傻事,但我总是会回来,我心里一直是爱着她的。"

"你真恶心,"黛熙说。她转身看着我,压低了声音,让整个房间充满了颤抖的谴责:"你知道我们为什么离开芝加哥吗?我真奇怪大家没有把他那些风流韵事说给你听。"

盖茨比走过去,站在她身边。

"黛熙,旧事不必再提了,"他满怀期待地说,"那已经无所谓。只要告诉他真相,说你从来没有爱过他,那些事就被永远地抹掉了。"

她茫然地看着盖茨比。"是啊,我怎么可能爱过他呢?"

"你没有爱过他。"

她犹豫了。她眼带哀求地看着乔丹和我,仿佛她终于明白她在做什么——仿佛她一直以来根本什么事也不想做。但事情已经做了。后悔也来不及了。

"我没有爱过他,"她说,显得很勉强。

"在卡皮奥兰尼[1]时你不爱我吗?"汤姆突然问。

"不爱。"

楼下舞厅里沉闷而令人窒息的音乐声不停地顺着空气的热浪飘上来。

---

1 卡皮奥兰尼(Kapiolani)是夏威夷欧胡岛上的公园。

"那天为了让你的鞋不沾水,我背着你走下酒钵山[1],当时你也不爱我吗?"他哑着嗓子温柔地说,"黛熙?"

"请别说了,"她冷冷地说,但话音里的怨恨已经消失。她看着盖茨比。"你看,杰伊,"她强作镇定地说——但她那想要去点香烟的手却一直在发抖。突然间,她把香烟和燃烧着的火柴丢到地毯上。

"唉,你想要的太多了!"她哭喊着对盖茨比说,"现在我爱你——这还不够吗?过去发生的事情我没法改变。"她开始无助地哭起来。"以前我是爱过他——但我也爱你。"

盖茨比的眼睛睁开又闭上。

"你也爱我?"他喃喃地说。

"连这句话也是骗你的,"汤姆恶狠狠地说,"她早就忘了有你这个人。哼——黛熙和我之间的事你永远不会知道,那些事是我们永远无法忘记的。"

这些话似乎刺痛了盖茨比。

"我想要跟黛熙单独谈谈,"他语气坚决地说,"她现在太激动了……"

"单独谈我也不能说我没有爱过汤姆,"她痛苦地坦白说,"那不是真话。"

"那当然不是真话,"汤姆赞许地说。

---

1 酒钵山(Punch Bowl)是欧胡岛上的山峰。

她转身面对她的丈夫。

"别装得你好像很在乎似的,"她说。

"我当然在乎啊。从现在开始我要好好照顾你。"

"你怎么还不明白,"盖茨比有点惊慌地说,"你再也没有机会照顾她了。"

"真的吗?"汤姆睁大了眼睛,哈哈地笑起来。现在他已经淡定了。"为什么呢?"

"黛熙要离开你。"

"无稽之谈。"

"但我是要离开你,"黛熙很勉强地说。

"她不会离开我!"汤姆突然盛气凌人地对盖茨比说,"她肯定不会为了一个连结婚戒指也要去偷来的大骗子离开我。"

"你怎能这么说呢!"黛熙哭着说,"求求你,我们走吧。"

"你到底是什么人?"汤姆又是破口大骂,"你是梅耶·沃夫希姆的猪朋狗友——目前我就知道这么多。我摸过你的底细——明天我还会继续打听。"

"随你的便,老兄,"盖茨比镇定地说。

"我已经揭穿你那些'药房'[1]的老底。"他转过身看着我们,快速地说,"他和这位沃夫希姆在这里和芝加哥的小巷收购

---

1 美国实施禁酒令期间,药店是唯一可以合法销售酒精的地方,很多药店把烈酒伪装成酒精进行销售。

了许多药房，公然把酒精摆到柜台上卖。这是他的鬼把戏之一。我第一次见到他就知道他是个私酒贩子，我猜得没错吧。"

"那又怎么样？"盖茨比礼貌地说，"你的朋友瓦尔特·蔡斯不也做这行吗？他可不觉得丢人。"

"你弄了个圈套让他钻，对吧？你让他在新泽西坐了一个月的牢。天哪！你应该听听瓦尔特对你的评价。"

"他来找我们的时候几乎破产了。他非常高兴可以白捡一些钱，老兄。"

"别叫我'老兄'！"汤姆大声说。盖茨比没有回话。"瓦尔特本来想揭发你违法赌博的，但沃夫希姆恐吓他，要他闭嘴。"

那种陌生然而可以辨认的表情又回到了盖茨比脸上。

"药房的生意只是小儿科，"汤姆慢慢地接着说，"你现在做的事才厉害，连瓦尔特都不敢对我说。"

我望向黛熙，她正惊恐地看着盖茨比和她丈夫。我又看着乔丹，她又开始平衡下巴上某样看不见但很有趣的物品。然后我望着盖茨比——被他的表情吓了一跳。虽然我很讨厌人们在他花园里散布的那些谣言，但他的表情特别凶恶，看上去确实像是"杀过人"。恨不得把汤姆杀死的神情在他脸上盘桓了片刻。

这种表情消失之后，他开始激动地向黛熙说话，矢口否认一切，为尚未有人提出的罪名辩白。但他说得越多，黛熙越是听不进去，越是往后退得离他更远，所以他放弃了，只剩下业已死去的梦想随着午后时光的流逝继续在挣扎，还拼命地想要去触碰那再也不可企及的,还痛苦而又不绝望地想追上房间对面那已消失的声音。

那声音又求着要走。

"求求你,汤姆!我再也受不了啦。"

她惊恐的双眼表明,她原来的决心和勇气无论有多大,现在全都消失了。

"你们俩回家去吧,黛熙,"汤姆说,"坐盖茨比先生的车。"

她望着汤姆,显得很是惶惑,但他坚持这种大方的轻蔑。

"去吧。他不敢再对你怎样的。我想他已经明白,癞蛤蟆终究是吃不上天鹅肉的。"

他们转头就走,片言不留地离开,就这样像幽灵般意外地、决绝地不辞而别,连我们的同情也弃之不顾。

过了片刻,汤姆站起来,开始用毛巾把那瓶尚未打开的威士忌包起来。

"想来点这玩意吗?乔丹?……尼克,你呢?"

我没有回答。

"尼克,你呢?"他又问。

"什么?"

"想来点吗?"

"不了……我刚想起来今天是我的生日。"

我三十岁了。又一条艰难凶险的十年之路摆在我面前。

到了晚上七点，我们随着他坐进跑车，启程赶回长岛。汤姆不停地说话，意气风发，哈哈大笑。但在我和乔丹听来，他的声音遥远如同人行道上嘈杂的人声，或者火车从头顶高架铁路驶过的轰隆声。人类的同情心是有限的，所以我们乐于将他们那场可悲的争吵连同城市的灯火抛诸脑后。我三十岁啦——眼看又是十年的孤独，单身的朋友将会渐渐变少，澎湃的激情必将缓缓淡薄，而我的头发也将会日渐稀疏。但我身边还有乔丹，她不像黛熙那么傻，不会把早该遗忘的梦想年复一年地藏在心里。当我们驶过昏暗的大桥时，她那苍白的脸娇慵地靠在我的肩膀上，紧紧地握住我的手，我感到非常欣慰，也就慢慢忘记我的三十岁生日毁于这件可怕的事情。

我们就这样在凉爽的暮色中向着前方的死亡驶去。

警方前来盘问时的主要目击证人是米迦勒斯，这个年轻的希腊人在垃圾场旁边经营一家咖啡馆。那天他在闷热中睡到下午五点才起床，然后漫步走到汽修厂，发现乔治·威尔逊病恹恹地坐在账房里——病得很厉害，脸色像他的头发那般苍白，而且浑身发抖。米迦勒斯建议他上床休息，但威尔逊不肯接受，他说去休息会少做很多生意。他的邻居正在进行劝说时，楼上传来激烈的吵闹声。

"我把我太太关在楼上了，"威尔逊冷静地说，"她会在那里待到后天，然后我们就离开这里。"

米迦勒斯目瞪口呆；他们做了四年邻居，威尔逊半点也不像是会说出这番话的人。平常他总是忙得筋疲力尽,在不干活的时候,他会搬张椅子坐在门口,望着路上过往的行人和车辆。每当有人跟他说话,他总是无精打采地笑笑。他什么事都听老婆的,从不自己做主。

所以米迦勒斯自然想弄清到底怎么回事,但威尔逊什么都不肯说——反倒开始疑神疑鬼地审视他的邻居,盘问他在某日某时做了什么事。米迦勒斯越听越不自在,这时正好有几个工人从门口向他的餐馆走去,他赶紧趁机告辞,想着过会儿再回来。但他没有回去。他说他只是忘记了,没有别的原因。他七点过后又走到外面,并想起了刚才的对话,因为他听见威尔逊太太的声音,在汽修厂楼下破口大骂。

"你打我啊!"他听见她喊,"把我扔下楼啊,你打我啊,你这个肮脏的懦夫!"

她随即冲进夜幕之中,挥舞着双手,嘴里大喊大叫——他还没来得及离开自己的门口,惨剧已经发生了。

那辆"死亡之车"——报纸是这么称呼它的——并没有停下来,它从渐浓的夜色里冲出来,肇事后稍微减缓了车速,然后拐了个弯就消失得无影无踪。玛福罗·米迦勒斯甚至连车身什么颜色都没看清——他对第一个警察说是浅绿色的。另外一辆前往纽约的轿车在开出上百码之后停住,开车的人匆匆回到梅朵·威尔逊身边,这时她已经被撞得当场毙命,扑倒在路上,浓稠的黑血和尘土混在一起。

米迦勒斯和这个人最先赶到她身旁，可是撕开她仍然汗津津的衬衣之后，他们发现她左边的乳房已经和身体分开，摇摇晃晃地挂着，没有必要再去听她的心跳了。她的嘴巴张得很开，嘴角有点裂开，仿佛是被她毕生积蓄的巨大活力冲出来时划破的。

看到三四辆轿车和围观的人群时，我们还隔得很远。

"车祸！"汤姆说，"那很好。威尔逊总算有生意可做了。"

他减缓了车速，但仍然完全没有停车的打算，后来开到近处，看见汽修厂门口许多肃穆专注的脸庞，他才不自觉地踩下了刹车。

"我们看看怎么回事，"他有点狐疑，"看看就走。"

这时我听见汽修厂不停地传出一阵阵含混的哀嚎。我们下了跑车，向汽修厂门口走过去，这时才听清原来是有人哭得上气不接下气，反反复复地喊着"我的上帝啊"！

"看来出大事了，"汤姆兴奋地说。

他踮起脚尖，隔着前面的人头向汽修厂里面望去，那里只亮着一盏昏黄的电灯，挂在摇摇晃晃的铁丝罩里。然后他发出一声惊呼，强壮的双手猛地左右开路，拨动人群钻了进去。

围观的人群骂骂咧咧，很快又合上了，我根本来不及看清里面的情况。然后又有新来者把圈子打破，我和乔丹突然被挤了进去。

梅朵·威尔逊的尸体裹着毛毯，然后外面又包着毛毯，仿佛在这个炎热的夜晚她还着了凉。尸体摆在墙边的工作台上,汤姆背对着我们,弯腰看着它,浑身纹丝不动。站在他身边的是一位巡警,他满头大汗,拿着小本子涂涂改改地记录着人名。那撕心裂肺的哭喊声在四壁萧然的汽修厂里面来回激荡,起初我找不到它的来源——然后我看见威尔逊站在比外面高出一截的账房门槛上,双手抓住门框,哭得前俯后仰。有个人正在轻轻地跟他说话,时不时伸手去拍拍他的肩膀,但威尔逊不听也不看。他的眼睛慢慢地从摇晃的电灯往下看到墙边摆放着尸体的工作台,跟着又突然朝上看着电灯,片刻不停地、痛不欲生地哀嚎着:

"我的上——帝啊!我的上——帝啊!我的上——帝啊!"

这时汤姆突然抬起头来,茫然地扫视了汽修厂之后,含含糊糊地对那警察说了几个字。

"玛——"那警察正在说着,"——佛……"

"不对,是福,"希腊人纠正他说,"玛福罗……"

"我跟你说话呢!"汤姆厉声说。

"福——"警察说,"——罗……"

"希——"

"希——"这时汤姆的大手猛拍了拍他的肩膀,于是他抬起头问,"你想干什么,伙计?"

"怎么回事?——我想知道。"

"她被车撞了。当场撞死。"

"当场撞死,"汤姆呆呆地重复着。

"她跑到马路中间。那婊子养的连停都不停一下。"

"有两辆车，"米迦勒斯说，"一辆开过来，一辆开过去，明白了吗？"

"往哪个方向开？"警察机灵地问。

"两辆是对开的啊。是这样的，她"——他的手抬起来向毛毯指去，但半途又停住，掉到他身边——"她冲出去，从纽约开来的那辆车把她撞了个正着，时速估计有三十到四十英里。"

"这个地方叫什么名字？"警察问。

"这里没有名字。"

有个肤色较浅、穿着很讲究的黑人走过来。

"那辆车是黄色的，"他说，"很大的黄色轿车。是新的。"

"你看到事故了吗？"警察问。

"没有，但那辆车后来从我边上开过，我看时速不止四十英里。五六十英里都有了。"

"到这里来，让我们记下你的名字。让开点。我要记下他的名字。"

这番谈话中有几个字肯定被正在账房门口前后摇摆着的威尔逊听到了，因为突然间，他呼天抢地的哭喊有了新的内容：

"不用你们来告诉我那辆车是什么样子！我知道那辆车是什么样子！"

我看着汤姆，发现他肩后的肌肉在外套下面收缩了。他赶紧向威尔逊走过去，站到他面前，用力地抓住他的上臂。

"你要振作起来,"他用粗豪的声音安慰地说。

威尔逊看到是汤姆,惊得脚尖都踮起来了,接着又双腿发软,差点瘫倒在地,幸亏汤姆把他扶住了。

"听着,"汤姆轻轻地摇着他说,"我一分钟前刚从纽约来到这里。我把前面我们谈到的那辆跑车开过来了。今天下午那辆黄色的轿车不是我的——你听到了吗?我整个下午都没看到它。"

只有那个黑人和我站得足够近,能听清他说的话,但那警察发觉汤姆的语气有点不对劲,于是把严厉的眼光投过来。

"怎么回事?"他质问。

"我是他的朋友,"汤姆转过头说,但他的双手依然紧紧地扶着威尔逊的身体,"他说他认得那辆肇事的车……那是一辆黄色的轿车。"

那警察隐隐觉得有点蹊跷,于是怀疑地看着汤姆。

"你的车是什么颜色?"

"蓝色的,是跑车。"

"我们刚从纽约过来,"我说。

有个人刚才开车跟在我们后面,他证实了我的话,于是警察又转过身去。

"来,看看你的名字有没有写对……"

汤姆像提着玩具般把威尔逊提进账房,安排他坐在椅子上,然后走回来。

"就没有人过来照顾他吗？"他威严地盯着两个站得最近的人说。他们彼此对视，不情不愿地走进了账房。汤姆等他们进去就把门关上，踏下那一级台阶，刻意不去看那张工作台。经过我身边时，他低声说："我们走吧。"

他有点不自在，那双权威的胳膊把仍在围观的人群推开，我们跟着走了出去。这时正好有个行色匆匆的医生走过来，他手里提着药箱，这是半小时前有人情急之下去请来的。

汤姆开得很慢，直到我们过了弯道——然后他的脚猛踩油门，跑车飞也似的在夜色里穿行。顷刻间我听到一阵粗哑的哽噎声，看到泪水在他脸上滚滚而下。

"那该死的懦夫！"他咒骂说，"他连把车停下都不敢。"

布坎南公馆突然浮现在我们面前，周围是黝黑而萧瑟的树木。汤姆把车停在门廊旁边，抬头望着二楼，但见葡萄藤中有两个窗户灯火通明。

"黛熙到家了，"他说。我们下车时，他瞟了我一眼，轻轻地皱起眉头。

"我应该在西卵让你下车的，尼克。今晚我们没有事可做了。"

他整个人都变了，说话很严肃，口气也特别坚决。我们在月光中沿着碎石路走到门廊，他仅用三言两语就化解了这个难题。

"我打电话叫出租车来送你回家，等车来的时候，你和乔丹最好到厨房去，让佣人给你们弄点晚饭吃——假如你们想吃的话。"他打开门。"进来吧。"

"我不进去了，谢谢。那就麻烦你帮我叫出租车吧。我在外面等就好。"

乔丹拉住我的手臂。

"你就不进来了吗，尼克？"

"不啦，谢谢。"

我心里有点不舒服，想要一个人待着。但乔丹又逗留了片刻。

"现在才九点半，"她说。

我宁可被打死也不愿进去，这些人的嘴脸我今天已经看够了，突然间那也包括乔丹在内。她肯定从我的脸色上看到了什么，因为她猛地转过身去，快步登上门廊的台阶，走进了屋里。我双手抱头坐了几分钟，然后听到里面有人打电话，是那管家在叫出租车。于是我慢慢地沿着车道走开，远离那座房子，打算到门口去等。

走不到二十码，我听见有人喊我的名字，盖茨比从两株灌木之后现身，踏进了车道。我当时肯定觉得特别怪异，因为我现在还能想起来他那套粉红色西装在月光下闪闪发光的样子。

"你在干什么？"我问。

"就是站在这里，老兄。"

反正那看起来像是不可告人的勾当。因为我总觉得他就要去洗劫这家人，就算他身后的灌木丛露出许多邪恶的脸，"沃夫希姆的手下"的脸,我也不会感到意外。

"你在路上看到什么麻烦事了吗?"他隔了半晌问。

"是的。"

他欲言又止。

"她死了吗?"

"死了。"

"我想也是,我跟黛熙说那人肯定被撞死了。先让她有个心理准备比较好,免得到时她会太过吃惊。但她倒是表现得很勇敢。"

听他的口气,好像黛熙的反应才是最重要的。

"我抄小路回了西卵,"他继续说,"把车停在我的车库里。我想应该没有人看见我们,但我也不能确定。"

这时我已经极其讨厌他,所以觉得没有必要指出他错了。

"那女人是谁?"他问。

"她姓威尔逊。她的丈夫是那家汽修厂的老板。事情到底是怎么发生的?"

"哎,我想把方向盘抢过来——"他的话音戛然而止,突然间我猜到了真相。

"车是黛熙开的?"

"是的,"他沉默片刻之后说,"但我当然会说是我开的。是这样的,我们离开纽约时,她非常紧张,她觉得开车能让情绪镇定下来——这个女人冲出来的时候,我们正好和对面一辆车擦身而过。事情发生得太快,但我觉得她似乎是想要跟我们说话,好像我们是她认识的人。哎,黛熙起初打了方向盘想避开那个女人,但看到对面的车就要撞上来,她吓得又把方向盘打回去了。在伸手去抓方向盘的刹那间,我感到车身一震——肯定当场就把她撞死了。"

"把她胸口撞开一个大洞……"

"别说了,老兄。"他畏缩地说,"反正——黛熙拼命地踩油门。我让她停车,但她不肯,所以我拉动了手刹。然后她昏倒在我膝盖上,我就把车开走了。"

"她明天就没事啦,"他随即又说,"我只是想在这里守着,看他会不会因为下午不愉快的事情而怪罪她。她把自己的房间锁起来了,如果他准备动粗,她就会把灯关掉再打开。"

"他不会碰她的,"我说,"他现在脑子里没空想她。"

"我信不过他,老兄。"

"你准备等多久?"

"有必要的话我会等到天亮。反正要等到他们都上床睡觉。"

这时我突然有个新的想法。假设汤姆发现开车的人是黛熙,他可能会怀疑这里面有阴谋——他可能会胡乱猜测。我向那座房子望去,楼下两三个宽敞的窗户亮着灯,黛熙在二楼的卧房透出粉红的光线。

"你在这里等着,"我说,"我去看看有没有吵架的迹象。"

我沿着草坪边缘走回去,轻轻地踏过碎石路,踮起脚尖走上露台的台阶。客厅的窗帘是拉开的,我看到里面没有人。我绕过三个月前那个六月晚上我们吃饭的餐厅外面的门廊,来到一小片长方形的光线下面,我猜透出灯光的窗户里面是厨房。百叶窗帘被拉起来了,但我发现窗台处有道缝隙。

黛熙和汤姆面对面地坐在厨房的桌子上,两人之间摆着一盘冷炸鸡,还有两瓶麦芽酒。他神情专注地朝桌子对面的她说话,说到动情之处,不由自主地拉住了黛熙的手。她时不时抬起眼看他,频频点头表示同意。

他们看上去并不高兴,没有人去碰鸡肉或麦芽酒——但也不能说他们不高兴。反正毋庸置疑的是,这个画面是很亲密温馨的,任谁看到了都会说他们是在推心置腹地密谋什么事情。

踮着脚尖离开门廊时,我听见出租车正在黑暗中向这座房子驶过来。盖茨比仍在车道上刚才那个地方等着。

"里面很安静吧?"他焦急地问。

"是的,很安静。"我迟疑地说,"你还是回家睡觉吧。"

他摇摇头。

"我要在这里守到黛熙去睡觉。晚安,老兄。"

他把手插进外衣的口袋,背过身去,继续紧张地监视那座房子,仿佛我的在场有损他的守望的神圣性。所以我只好走开了,留下他在月光下伫立——徒劳地守候着。

第八章

我彻夜难眠,海湾里有个雾号[1]不停地悲鸣,我生病似的在怪诞的现实和狰狞的梦境之间辗转反侧。天快亮时,我听见有辆出租车开上盖茨比的车道,便立刻从床上跳起来,开始穿上衣服——我觉得我有话要告诉他,要赶紧提醒他某些事情,等到天亮就太晚了。

穿过他的草坪时,我看到他的前门依然敞开着,他靠着门厅里的桌子站着,表情很沉重,可能是因为情绪低落,或者整晚没睡。

"没有什么事,"他凄楚地说,"我等到差不多四点,她走到窗边,站了片刻,然后把电灯关掉了。"

我们摸黑在许多宽敞的房间里搜罗香烟,这时我才发现他的房子原来是这么大。我们掀起许多大帐篷似的窗帘,在黑暗中摸着无数英尺长的墙壁去找电灯开关——有一次我差点摔倒,幸

---

[1] 当海面有雾时,轮船会通过雾号发出警报,以免被其他船只撞上。

好扶住了一架幽灵般的钢琴。到处的灰尘多得不可思议,而且那些房间都很闷,好像很多天没有透过气。最后我在一张陌生的桌子上找到烟盒,里面有两根干瘪的香烟。我们把客厅的落地窗打开,坐在黑暗中抽了起来。

"你应该离开这里,"我说,"他们肯定会查出来那是你的车。"

"现在离开这里,老兄?"

"去大西城[1]住几天吧,或者到北边的蒙特利尔。"

他不肯走。在不知道黛熙接下来要怎么做之前,他是不可能离开的。他这是抓住最后的希望不放,我也不忍心劝他松手。

正是在那天晚上,他跟我说起来他年轻时追随达恩·科迪的奇闻轶事——他会告诉我,是因为在汤姆的恶意打击之下,"杰伊·盖茨比"这个形象已经像玻璃般碎裂,这出长久以来引人注目的大戏终于落幕。我以为他会毫无保留地将往事和盘托出,但他只想聊聊黛熙。

黛熙是他认识的第一位"大家闺秀"。他从前也曾多次在未表明身份的情况下接触过这类人,但和她们之间总是隔着无形的铁丝网。他发现黛熙正是他的梦中情人。他常常登门拜访,起初是和泰勒军营其他军官结伴,后来是独自去的。黛熙的家让他惊奇不已——他从未见过如此华丽的豪宅。但它之所以有那种令人屏声息

---

[1] 大西城(Atlantic City)位于新泽西州,因濒临大西洋而得名。

气的紧张气氛，却是因为黛熙住在这里——尽管在她看来这地方平淡无奇，就像他看军营外的帐篷那样。他总觉得这座房子很神秘，似乎楼上的卧室是他前所未见的豪华与凉爽，而走廊里总有许多欢乐而美好的活动，还有很多浪漫的爱情故事，不是早已是陈年旧事的那种，而是鲜活的、清新的、芬芳的，像闪亮的新款汽车，像舞会上永不凋谢的花朵。他也因为有许多男人爱过黛熙而兴奋——黛熙在他眼里因此而变得更有价值。他觉得她家里到处都有他们的存在，空气中依然弥漫着那些感情的痕迹和回声。

但他知道，他能走进黛熙家里纯属偶然。无论杰伊·盖茨比的前途有多么光明，他目前只是个身无分文、家世贫贱的年轻人，而那套军装给他带来的无形魅力也随时可能消退。所以他尽可能地利用他和黛熙相处的时间。他贪得无厌地、毫无原则地攫取所有他能得到的东西——终于，在某个安静的十月之夜，他迫不及待地占有了黛熙，占有了她的身体，因为他其实连跟她拉手的资格都没有。

他可能会瞧不起自己，因为他肯定是用欺骗的手段占有她的。我倒不是说他假装成百万富翁，而是说他刻意给黛熙营造一种安全感，让黛熙相信他的家世也是那么显赫——他完全有能力把自己照顾好。事实上，他没有这些能力——他和黛熙门不当户不对，而且毫无人性的政府随时可能将他派到世界上任何一个角落。

但他没有瞧不起自己，事情的发展也跟他想象的不同。他起初可能只是逢场作戏——但后来却发现自己弄假成真。他原本也知道黛熙不落俗套，但没想到一位"大家闺秀"竟然是如此的不落俗套。她若无其事地回到她那富裕的家，那富裕的生活，彻底消失了，留给盖茨比的是——失落的心情。他觉得离不开她了，这就是全部的结果。

再次相遇已是两日之后，当时盖茨比患得患失，好像他反倒吃亏了似的。现成的灿烂星光照亮了她家的阳台，在柳条长椅悦耳的吱嘎声中，她转身面对他，他情不自禁地吻上那美妙的嘴唇。她早先染了风寒，声音变得比平时更加嘶哑，也更加动人，盖茨比深深地体会到，惊人的财富能够锁住和保留青春与神秘，华美的衣服能够让人面貌焕然一新，而像白银般光彩照人的黛熙安逸而骄傲，人间的困苦挣扎完全与她无缘。

"我无法向你描述当时发现爱上她之后我有多么吃惊，老兄。我甚至曾经希望她会甩掉我，可是她没有，因为她也爱上我了。她以为我的知识很渊博，因为我懂的东西和她完全不同……唉，我就这样忘掉了所有的雄心壮志，在爱河中越陷越深，而且突然间我并不在乎。既然跟她畅想未来能让我得到更大的快乐，去做那些伟大的事情又有什么用呢？"

在他奔赴海外之前最后那个下午，他抱着黛熙，两人静静地坐了很长时间。那是个寒冷的秋日，房间里生着火，她脸颊红扑扑的。她偶尔挪动身体，他随之稍微调整手臂的位置，中间还亲了她乌黑发亮的秀发。那个下午让他们得到了短暂的安宁，似乎是为了给他们留下深刻的记忆，以便面对第二天即将开始的长久分离。在相恋的那个月里，他们从未如此亲密无间，也从未如此心心相印：她沉默的嘴唇轻轻地摩擦着他穿着外套的肩膀，而他则轻轻地触碰她的指尖，仿佛当她已经睡着似的。

战争期间他的表现非常出色。在上前线之前，他已经是上尉军衔，阿贡森林战役之后，又得以升任少校，负责指挥师部的机枪连。战争结束，他心急如焚地想要回国，但由于某些意外的情况或者误解，他被派去了牛津大学。这时他很担心——黛熙在信里表示对他非常失望。黛熙不明白他为何不能回去。她感到外界的压力，她想见到他，想有他陪伴在身边，让她相信自己做的事情到底是正确的。

因为黛熙是个妙龄少女，而她所处的又是纸醉金迷、寻欢作乐的势利世界。在这个世界里，轻歌曼舞竟日不息，声色犬马终年无休。萨克斯管彻夜吹奏着如泣如诉的《毕尔街蓝调》[1]，上百双金色、银色的舞鞋踢起闪亮的灰尘。到了茶歇时间，这首低沉而甜蜜的热门歌曲依旧不断地回荡着，而许多新鲜的面孔宛如

---

1 《毕尔街蓝调》（*Beale Street Blues*）是美国作曲家、作词家威廉·克里斯托弗·汉迪（William Christopher Handy，1873–1958）在1916年创作的流行歌曲。毕尔街位于田纳西州孟菲斯的娱乐区，在二十世纪初期，那里的居民主要是黑人，这个地方和蓝调的发展有密切的关系。这首歌曲在1917年发行，但直到1919年由百老汇的吉尔达·格雷演唱之后才走红。

被那些铜管吹落在地面的玫瑰花瓣,在舞厅里到处飘来飘去。

在这个暧昧的宇宙里,黛熙又开始抛头露面;突然间她又每天和五六个男人约会,天快亮时才昏沉沉睡去,而缀着珠子的雪纺纱晚礼服连同干枯的兰花,被乱七八糟地丢在床边的地板上。她内心一直迫切地想要做出决定。她想要现在就解决她的终身大事,马上就解决;而帮她做出决定的力量——是爱情也好,是金钱也好——必须是非常现实而且近在眼前的。

那股力量终于在孟春时节由于汤姆·布坎南的到来而出现了。他相貌堂堂,家世显赫,这让黛熙觉得非常有面子。她毫无疑问是纠结过,但后来又感到如释重负。收到她的信时,盖茨比还在牛津。

长岛天已亮了,我们打开楼下其他的窗户,让客厅里充满渐渐变成白色、又渐渐变成金色的光芒。有一棵树的影子突然横伸在露珠之上,幽灵般的鸟儿开始在墨绿色的树叶里歌唱。空气缓缓地、令人愉悦地流动着,也算不上是风,预示着今天将是个凉爽而美好的日子。

"我不认为她爱过他,"站在窗边的盖茨比转过身来,带着自信满满的眼神看着我,"你要知道,老兄,她今天下午太激动了。他说的那些话让她有点害怕——让她觉得我好像是个无耻的骗子。结果弄得她语无伦次的。"

他苦闷地坐下来。

"当然,她也可能短暂地爱过他,在他们刚结婚的时候——哪怕在那个时候,她也是更爱我,你明白吗?"

突然间,他说出一句很奇怪的话。

"反正,"他说,"这是我个人的事情。"

你觉得这句话除了表明他对这场恋爱投入了无法估量的感情和想象,还能有什么别的解释呢?

他从法国回来时,汤姆和黛熙仍在度蜜月,他情不自禁地用所剩无几的军饷,踏上了前往路易斯维尔的伤心之旅。他在那里待了一个星期,踏遍那些他们曾在十一月的夜晚并肩走过的街道,重游了他们曾开着她的白色跑车去过的旧地。就像黛熙家的房子在他看来比其他房子更加神秘和美好那样,在他看来,这座城市弥漫着伤感之美,尽管她已经远走高飞。

离开时他隐隐觉得,如果再努力一点,他也许能找到她——而现在是他把她抛弃了。硬座车厢——他已经身无分文——很热。他走到火车末端敞开的地方,找了张折叠椅坐下,车站渐渐远去,许多陌生建筑的背面在两边移动。然后火车开进春日的田野,有辆黄色的电车并排行驶了片刻,车里的乘客也许曾在街上偶然见到她那张苍白而充满魅力的脸。

铁轨拐了个弯,这时火车背对着太阳向东前进。太阳渐渐西沉,漫天的余晖似乎正在祝福她生活过的这座正在消失的城市。他绝望地伸出双手,仿佛只是为了抓住些许空气留作纪念,以便记住这个因为有她而变得美丽的地方。但在他模糊的泪眼中，一切消失得太快，他知道他已经失去了这座城市的一部分，那最鲜活、最美好的部分，永远地失去了。

九点时我们吃完早餐，走到外面的门廊上。气候一夜之间发生了变化，空气里已经有了秋天的味道。那个园丁，盖茨比原来那批仆人中仅剩的一个，走到台阶下面。

"我今天准备把游泳池的水放干，盖茨比先生。树叶很快就会落下来，它们会把水管塞住的。"

"今天先别放，"盖茨比回答说。他扭头看着我，略带歉意地说："你知道的，老兄，我整个夏天都没用过游泳池。"

我看看手表，站了起来。

"我那班车十二分钟后开。"

我并不想到城里去。那天我根本没有心情上班，但还有别的原因——我不想离开盖茨比。我错过了那班火车，接着又错过了一班，终于还是走了。

"我会给你打电话的，"我最后说。

"一定要打，老兄。"

"我中午打给你。"

我们慢慢走下台阶。

"我想黛熙也会打过来，"他紧张地看着我，似乎是指望我会证实他的话。

"我想也是。"

"好吧，再见。"

握手之后，我就走开了。就快走到篱笆时，我想起某件事，于是转过身去。

"他们都是烂人，"我隔着草坪大声说，"那帮混蛋全部加起来也没你高贵。"

我总是很高兴我说出了那句话。那是我对他仅有的恭维，因为我自始至终是看他不顺眼的。他先是礼貌地点点头，随即脸上绽放出那种灿烂而会意的笑容，仿佛这是我们多年以来心照不宣的事实。他那套华丽的粉红色西装在白色台阶的映衬下格外醒目，我想起了三个月前初次拜访这座古旧大宅的那个夜晚。当时草坪和车道上挤满了人，暗地里猜测他的为人是多么的龌龊——而他就站在这些台阶之上，隐藏着他纯洁的梦想，挥手向他们道别。

我感谢他的热情招待。我们总是为此感谢他——我和其他人。

"再见，"我喊道，"谢谢你的早餐，盖茨比。"

进城之后，我勉强抄了一会无穷无尽的股票行情，随后坐在转椅上睡着了。快到中午时，电话把我吵醒，我吓得额头直冒冷汗。电话是乔丹打来的；她经常在这个点打给我，因为她行踪飘忽，要么在酒店，要么在俱乐部，要么在某些人家里，要不是这样我很难跟她取得联系。平常她在电话里的声音是很清凉的，仿佛有片草皮从某个高尔夫球场飘进我办公室的窗户，但今天听起来很干涩。

"我离开黛熙的家了，"她说，"现在我在汉普斯塔德[1]，今天下午要去南安普敦[2]。"

也许这时离开黛熙家不失为明智之举，但这个举动惹恼了我，而她下句话更让我生气。

"你昨晚对我不是很好。"

"在当时那种情况下有什么关系呢？"

她沉默了片刻。然后说："算了——我想见你。"

"我也想见你。"

"我今天下午不去南安普敦，到城里来找你怎么样？"

"不要了——今天下午不行。"

"非常好。"

"今天下午不方便。有很多……"

我们就这样聊了一会儿，然后突然间无话可说。我不知道是谁先把电话啪地挂掉，但我知道我无所谓。那天我没有办法隔着茶桌和她说话，就算她因此和我绝交我也没有办法。

几分钟后，我给盖茨比家打电话，但电话占线。我试了四回，最后总机被我惹急了，跟我说这条线路正在专门等候底特律打来的长途电话。我拿出列车时刻表，在三点五十分那班车上画

---

1 汉普斯塔德（Hempstead）是纽约州纳绍郡的小镇。
2 南安普敦（Southampton）是纽约州苏福克郡的小镇，临近长岛和纳绍郡。

了个小圈。然后我又靠在椅背上，想要理清思绪。现在是中午，时候还早。

那天早晨，当我乘坐的火车路过垃圾场时，我故意走到车厢的另一边，避免看到出事的地方。我觉得应该会有很多好奇的人整天围在那里，几个小男孩寻找泥地上黑色的血迹，还有人添油加醋反复讲述那次事故，后来越说越玄乎，连自己也不信，于是不再说下去，梅朵·威尔逊的悲剧下场也就被抛到九霄云外。现在我想倒回去讲述那夜我们离开之后汽修厂发生的事情。

大家费了好大周折才找到死者的妹妹凯瑟琳。当晚她肯定破了她自己不喝酒的惯例，因为到达汽修厂时她已经醉得晕头转向，人们说救护车已经前往法拉盛[1]，她完全无法理解。等到大家让她听明白这一点时，她立刻昏了过去，仿佛这是整个事故中最难以忍受的部分。有个人可能是出于好心或者好奇，开车带上她，追赶她姐姐的尸体去了。

午夜过后很久，依旧有络绎不绝的人来到汽修厂前面围观，而威尔逊还在里面的沙发上前后摇晃他自己的身体。有一阵账房的门被打开了，每个人都走进车库，忍不住朝里面看。最后有人说这太过分了，并把门关上。米迦勒斯和其他几个人陪着威尔逊；起初有四五个人，后来变成两三个。再后来米迦勒斯不得不

1　法拉盛（Flushing）是纽约市皇后区的一个地区，在曼哈顿以东十六公里处。

恳请最后那位陌生人多留十五分钟，而他则回到自己的地方，煮了一壶咖啡。在那之后，他一个人陪着威尔逊到天亮。

三点左右，威尔逊不再断断续续地嘟囔了——他变得越来越镇定，开始谈起那辆黄色的轿车。他宣称他有办法找出谁是那辆黄色轿车的主人，然后他又连珠炮般地说两个月前他妻子从城里回来时鼻青脸肿的。

但听到自己说出这句话时，他气得发抖，又开始用哽噎的声音大喊"我的上帝啊"。米迦勒斯赶紧想办法分散他的注意力。

"你们结婚多久啦，乔治？别这样，安静地坐一会儿，回答我的问题。你们结婚多久啦？"

"十二年。"

"生过孩子吗？喂，乔治，别乱动——我有个问题要问你。你们生过孩子吗？"

许多硬壳的棕色虫子不停地攻击着昏暗的电灯，每当听到外面有汽车呼啸而过，米迦勒斯总以为是几个小时前那辆肇事逃逸的轿车。他不喜欢走到外面的汽修厂，因为摆放过尸体的工作台上血迹斑斑，所以他浑身不舒服地在账房里走来走去——天还没亮，他已经很熟悉里面的每样东西了，并时不时地在威尔逊身边坐下，劝他安静下来。

"你平时去教堂吗，乔治？你可能很久没有去教堂了吧？要不这样吧，我打电话到教堂去，请个牧师过来跟你聊聊，你觉得呢？"

"我不信教的。"

"你应该信教的,乔治,尤其是在这样的时候。你肯定去过教堂啊。你不是在教堂里结婚的吗?听着,乔治,听我说。你不是在教堂里结婚的吗?"

"那是很久以前的事了。"

回答这些问题所费的精神打断了他摇晃的节奏——他暂时安静下来了。那种迷离恍惚的神色又回到了他萎靡的眼里。

"打开那个抽屉看看,"他指着写字台说。

"哪个抽屉?"

"那个抽屉——那个。"

米迦勒斯打开离他的手最近的抽屉。里面只有一条贵重的狗链,是皮做的,还镶着白银。它显然是新的。

"这件东西吗?"他拿起狗链问。

威尔逊怔怔地点点头。

"这是我昨天下午发现的。她试图狡辩,但我知道它肯定有古怪。"

"你是怪你太太买了它吗?"

"她用纸巾把它包起来,放在梳妆台上。"

米迦勒斯可不觉得这有什么古怪,他给了威尔逊十几个理由,说明这条狗链也许真是他太太买的。但威尔逊显然已经从梅朵口中听过这些解释,因为他又开始低声地说"我的上帝啊"——米迦勒斯又安慰着提出了几个解释,但他完全听不进去。

"我看她是他杀的,"威尔逊说。他的嘴巴突然张开了。

"谁?"

"我有办法找出来的。"

"你生病了,乔治,"他的朋友说,"你的精神太紧张了,别胡思乱想啦。你最好想办法安静下来,等天亮了再说。"

"他谋杀了她。"

"那是意外,乔治。"

威尔逊摇着头。他皱起眉头,微微张开嘴巴,有气无力地"哼"了一声。

"我知道,"他坚定地说,"我很容易相信别人,也没想过要伤害任何人,但有些事情我要是弄明白了,我心里会有数的。车里肯定是那个人。她冲出去想要跟他说话,可是他不肯停车。"

米迦勒斯也看到这个场面,但他原来没想到这里面有什么特别的意义。当时他认为威尔逊太太冲出去是为了逃离她的丈夫,而不是试图拦住某辆车。

"她怎么会搞成这样?"

"她这个人城府很深,"威尔逊答非所问地说,"唉……"

他又开始摇晃,米迦勒斯站在旁边,手里揉着那条狗链。

"你有没有什么朋友,乔治?我帮你打电话给他们。"

这是个渺茫的希望——他几乎可以肯定威尔逊没有朋友:他连自己的老婆都管不住。片刻之后他又高兴起来,因为他发现房间里有了变化,窗外的天空渐渐变蓝,黎明已经不远了。大概五点钟的时候,外面的天已经蓝得可以把灯关掉。

威尔逊无神的双眼望向外面的垃圾场,那边有几片奇形怪状的阴云,被微弱的晨风吹得飘来飘去。

"我跟她谈过,"沉默良久之后,他咕哝着说,"我说她也许可以愚弄我,但她愚弄不了上帝。我把她拉到窗边"——他勉为其难地站起来,走到后窗边上,把脸贴着窗上的玻璃——"我说:'上帝知道你在做什么,知道你做过的每件事。你可以愚弄我,但你愚弄不了上帝!'"

米迦勒斯站在他身后,吃惊地发现他正在看着艾克堡医生的眼睛。那双苍白而巨大的眼睛刚刚从消失的夜色中显露出来。

"上帝看到一切,"威尔逊又说。

"那是个广告牌啊,"米迦勒斯开解他。他觉得心里隐隐有点不舒服,于是把眼光收回来,重新看着账房。但威尔逊站在那里久久不动,他的脸紧贴着后窗的玻璃,不停地向着晨曦点头。

到六点米迦勒斯已经累得不行,听到有辆轿车停在外面,他心里很是感激。来者是昨晚到这里看热闹的,他答应过会儿回来帮忙。于是米迦勒斯去做了三个人的早餐,他和那个人把东西吃掉。看到威尔逊情绪比较平稳,米迦勒斯就回家睡觉去了。四个小时后,他醒过来,匆匆赶到汽修厂,这时威尔逊已经走了。

他的行踪——他始终是步行的——后来被人查了出来:先是

去了罗斯福港,然后到嘉德山庄[1]。他在那里买了个没有吃的三明治和一杯咖啡。他肯定很累,而且走得很慢,因为他走到嘉德山庄已是正午。他到此为止的行踪并不难查明——有几个孩子说看到有个人"疯疯癫癫的",几个开车的人也说曾看见他在路边盯着他们看。随后三个小时他就消失了。警察根据他对米迦勒斯说过的话,说"他有办法找出来的",推断他这段时间是在走访附近的汽修厂,打听那部黄色轿车。可是又没有哪个汽修厂的人说见过他,也许他有更简单、更确定的方法,可以找到他想知道的答案。下午两点半时他已经走到西卵,问人盖茨比家怎么走。所以那时他已经知道盖茨比的名字了。

下午两点时,盖茨比穿上他的泳装,吩咐管家如果有人打电话来,就到游泳池通知他。他先到车库去拿一只那年夏天给许多客人用过的气垫,司机帮他把气充好。然后他叮嘱司机千万不能把那辆敞篷车开出去——这个要求很怪,因为右前方的挡泥板需要修理。

盖茨比扛着气垫,向游泳池走去。他路上停下来过一次,稍微调整了垫子的位置,司机问他要不要帮忙,但他摇摇头,随即消失在那些叶子正在变黄的树木里。

没有人打电话来,但管家没有去午睡,一直等到下午四点——那时候就算有电话打进来,盖茨比也早已接不到了。我总

---

[1] 和罗斯福港一样,嘉德山庄这个地方也是虚构的。

是想，盖茨比本人并不相信电话会响，他也许觉得无所谓。如果我的设想没有错，那么他肯定已经明白他失去了原来那个温暖的世界，已经为怀有一个梦想太久而付出高昂的代价。他肯定抬起过头，透过那些可怕的树叶，发现天空是如此的陌生；而当他发现玫瑰是如此的丑陋，照耀着稀疏青草的阳光是如此的残酷，他肯定会感到不寒而栗。他宛如处于一个新的世界，一个具体而又虚假的世界，在这里，可怜的幽灵呼吸着空气般的梦想，漫无目的地飘来荡去……就像那个脸色灰白、形迹可疑的人，他正在枝叶蔓生的树丛中，偷偷摸摸地向他走过来。

司机——他也是沃夫希姆的手下——听到了枪声，后来他说他没有联想太多。我从火车站雇了车直接赶到盖茨比家，听到我急急忙忙冲上前门台阶的脚步声，他们才反应过来可能出了事。但我坚信他们那时已经知道了。我们四个人，司机、管家、园丁和我，默默不语地赶到游泳池。

游泳池里的水轻轻地荡漾着，因为清水从一头流进来，又从一头排出去。那只负重的气垫毫无规律地漂浮着，所到之处激起淡淡的涟漪。一阵微风吹来，几乎吹不皱水面，却扰乱了它偶然的航程，尽管它还负载着偶然的重担。几片树叶落在它上面，使它慢慢地旋转，像圆规的腿那样，在水里画出一个淡红色的圆圈。

直到我们抬起盖茨比往屋子走之后，园丁才看见威尔逊的尸体，就躺在不远处的草丛里，这场浩劫就此告终。

第九章

时隔两年,当时的情形我已不是很清楚,只记得那天下午、晚上和第二天,络绎不绝的警察、摄影师和记者在盖茨比家进进出出。大门拉起一条绳子,有个警察守在旁边,挡住想看热闹的人,但附近的小孩很快发现他们可以从我的草坪进去,因此游泳池边总是有几个目瞪口呆的孩子。有个气定神闲的人——可能是个侦探——在弯腰视察威尔逊的尸体时,使用了"疯子"这个词,这句言之凿凿的无心快语奠定了隔日媒体的报道基调。

那些报道大多数是噩梦——荒诞不经、琐碎无聊、兴致勃勃、无中生有。当米迦勒斯供认威尔逊怀疑他太太红杏出墙的证词曝光之后,我原本以为这个事件很快会演变成桃色新闻——但凯瑟琳非但没有胡说八道,居然还守口如瓶。她也展现出惊人的勇气——她那双眼睛在修整过的眉毛之下坚定地看着警察局派来的法医,发誓她姐姐从未见过盖茨比,她姐姐的婚姻生活非常美满,又说她姐姐从来没有做过越轨的事情。她说得连自己都信了，用手帕捂着脸哭了起来，仿佛这是她万万不能接受的污蔑。所以威尔逊被说成是"因悲哀而行为失常"，于是这件案子变成了最简单的命案，就这样不了了之。

但其实所有这些都是无关紧要的。最让我失望的是，站在盖茨比那边的只有我自己，只有我一个人。从我打电话到西卵村报告惨剧的消息开始，但凡有关于他的猜测或者具体问题，人们都会跑来问我。起初我既诧异又困惑，后来随着时间的流逝，看到他无声无息，安然地躺在他的房子里，我渐渐明白了：大家都来找我，是因为没有别的人感兴趣——我的意思是说，别人完全没有兴趣来料理他的后事。

我们发现他的尸体之后不到半个小时，我本能地、毫不迟疑地给黛熙打电话。但她和汤姆那天下午早些时候出门了，而且还带着许多行李。

"没说去哪里吗？"

"没有。"

"有说什么时候回来吗？"

"没有。"

"知道他们在哪里吗？我怎样才能找到他们？"

"我不知道。说不上来。"

我想替他找个人。我真想走进他躺着的房间，安慰他说："我会替你找个人来的，盖茨比。别担心。包在我身上，我会给你找个人——"

梅耶·沃夫希姆的名字并不在电话簿里。管家给了我他在百老汇的地址，我打电话到查号台，但等我拿到号码，时间早就过了五点，那边没人接电话。

"你能再帮我接通吗？"

"我已经接通三次了。"

"我有很重要的事情。"

"对不起。那边恐怕没有人。"

我回到客厅，突然发现里面挤满了人，开始还以为是顺道来访的宾客，随即发现其实是政府的工作人员。可是，当他们掀起那块薄布，惊恐地看着盖茨比，我仿佛听到他的抗议：

"喂，老兄，你得帮我找个人啊。你要努力去找。我一个人应付不来。"

有人开始问我问题，但我脱身走到楼上去，匆匆翻查他的书桌那些没上锁的抽屉——他从来没有明确地跟我说过他的父母已经去世。但那里什么都没有——只有达恩·科迪的照片，象征着那早已被遗忘的风云岁月，从墙上望下来。

隔日清早，我派管家到纽约送信给沃夫希姆，我在信里向他打听消息，也敦促他赶紧坐火车过来。其实我在写信时就觉得这个请求是多余的。我原本以为他看到报纸肯定就会动身，也以为中午之前肯定能收到黛熙的电报——但电报和沃夫希姆先生都没有来，谁也没有来，除了越来越多的警察、摄影师和记者。当看完管家带回来的沃夫希姆的回信，有种愤慨在我心里油然而生，我要和盖茨比联合起来，鄙夷地对抗他们所有人。

亲爱的卡拉威先生：

　　这是有生以来最让我感到震惊的事情，我简直不敢相信这是真的。这人的疯狂行为值得我们大家深思。我现在没法过来，因为手头有非常重要的生意要处理，不能让这件事给耽误了。如果稍后有需要效劳的地方，请让埃德加送信告知我。听到这样的事情，我简直不知道身在何处，悲伤得难以自持。

你真诚的朋友
梅耶·沃夫希姆

然后他又用潦草的笔迹补充：

葬礼的事情请让我知道。我根本不认识他的家人。

　　那天下午电话响起，总机说是芝加哥打来的长途电话，我以为黛熙终于打过来了。但话筒里传来的是男人的声音，听上去很轻，很遥远。

"我是斯拉格……"

"请讲，"这个名字听起来很陌生。

"太让人意外了，对吧？收到我的电报了吗？"

"什么电报也没有收到。"

"帕克那小子出事了,"他语速很快地说,"他把债券摆上柜台的时候被抓个正着。他们之前五分钟刚刚收到纽约的通告,上面写着那些号码。喂,你能想象得到吗?你怎么也想不到在这种乡下地方……"

"喂!"我赶紧打断他的话头,"听我说——我不是盖茨比先生。盖茨比先生死了。"

电话那端沉默了很久,随即传来一声惊叫……然后在匆促的咒骂声中,电话被挂断了。

我想应该是在第三天,有封署名亨利·盖兹的电报从明尼苏达州某个小城发过来。上面只说发报人已经动身赶来,丧事等他到了之后再办。

那是盖茨比的父亲,一个表情沉重的老人,看上去非常无奈和消沉,身上裹着阿尔斯特长外套,尽管九月的天气依然很暖和。他的眼睛不断露出惊奇的神色;我从他手上接过布袋和雨伞后,他就不断地轻抚他那稀疏的灰白胡子,所以我也没办法帮他把外套脱掉。我看他站不稳的样子,于是扶他到音乐室,让他坐下,同时让佣人去弄点吃的。但他不肯吃东西,手里拿着玻璃杯直发抖,牛奶都洒出来了。

"我在芝加哥的报纸上看到消息,"他说,"芝加哥的报纸全都是关于这件事的新闻。我立刻就出发了。"

"我当时不知道怎样找到你。"

他的眼神很茫然,不停地扫视着这个房间。

"那人是个疯子,"他说,"那人肯定是个疯子。"

"你想喝点咖啡吗?"我问他。

"我什么都不要。我没事,卡……卡……"

"卡拉威。"

"唉,我没事。他们把小詹放哪儿了?"

我把他带到客厅,他的儿子就躺在那里,然后留下他一个人。有几个小男孩爬上台阶,正在往客厅里面看;我告诉他们来的人是谁,他们这才一步两回头地走开。

不久之后,盖兹先生打开房门走出来,他的嘴巴是张开的,脸上有点红,泪珠滚滚而下。他已经到了不再为死亡感到错愕的年纪,这时他第一次环顾四周,看到门厅如此宽敞豪华,门厅之后是连绵不绝的大房间,他的悲哀开始混进些许敬畏的骄傲。我扶着他走进楼上的卧室,在他脱下外套和马甲时,我告诉他所有安排已经推迟,等他来决定。

"我不知道你有什么想法,盖茨比先生……"

"我姓盖兹。"

"——盖兹先生,我觉得你可能想把尸体运到西部。"

他摇摇头。

"小詹向来更喜欢东部。他是在东部发迹的。你是我家孩子的朋友吗,卡……卡……?"

"我们是好朋友。"

"他本来有很好的前途,你知道的。他只是个年轻人,但他的脑力很好。"

他边说边戳着自己的脑袋,我点头表示同意。

"如果他能活下去,他会变成了不起的人。像詹姆斯·希尔[1]那样的大人物。他会帮助建设这个国家的。"

"你说得对,"我不自在地说。

他笨手笨脚地去弄那绣花的床罩,想把它拉掉,然后硬邦邦地躺下——立刻就睡着了。

那晚有个明显很害怕的人打电话来,不肯说出他的名字,非要先问我是谁。

"我是卡拉威先生,"我说。

"啊!"他如释重负地说,"我是克里普斯普林格。"

我也如释重负,因为看来盖茨比墓前将会多一个朋友。我不希望葬礼变成报纸上的新闻,引来许多看热闹的人,所以我亲自打过电话给几个人。他们很难找到。

"葬礼定在明天,"我说,"下午三点,在这座房子。我希望你能通知其他感兴趣的人。"

"我会的啦,"他赶紧接口说,"当然,我不太可能见到什

---

[1] 即詹姆斯·杰罗米·希尔(James Jerome Hill,1838–1916),美国铁路大亨,出生于加拿大,十八岁那年定居明尼苏达州的圣保罗。1893年,他修建的大北方铁路通车,东起圣保罗,西至华盛顿州的西雅图,连接起美国五大湖地区和太平洋沿岸地区。詹姆斯·希尔在当年有"帝国建设者"的美誉。

么人。但见到的话，我会通知的。"

他的口气让我起疑。

"你自己肯定会来的吧？"

"嗯，我会争取的。我打电话来是想……"

"且慢，"我打断他的话，"你就答应来吧，怎么样？"

"哎呀，其实——实际上，我目前和几个朋友在格林尼治[1]，他们相当希望我明天陪他们。其实明天他们会去野炊。当然，我会尽量争取来的。"

我忍不住发出了"哼"的声音，他肯定听见了，因为他接下来很紧张地说：

"我打电话来，是因为我留了一双鞋在那边。我在想，如果不是太麻烦的话，请让管家把它们寄给我。你知道吗，那双是网球鞋，没有它们我真不知道该怎么办。我的地址是……"

我没有听到他下面的话，因为我把听筒挂掉了。

在那之后，我真替盖茨比感到不值——某位接到我电话的绅士竟然含沙射影地表示盖茨比死有余辜。然而这是我的错，因为以前有些人经常借盖茨比的酒壮胆，然后恶毒地咒骂盖茨比，而他是骂得最恶毒的人之一，我本来不应该打给他的。

举行葬礼那天早晨，我去纽约城里找沃夫希姆；用其他方法我根本联系不到他。根据负责开电梯那男孩的指引，我推开那扇

---

[1] 格林尼治（Greenwich）是康涅狄格州菲尔费尔德郡的小镇。

挂着"卍控股公司"[1]招牌的门,刚开始里面好像没人在。可是当我喊了几声"喂"也没人应答之后,隔板后面传出几句争执的声音,然后有个美貌的犹太女人出现在里间的门口,乌黑的眼睛充满敌意地看着我。

"里面没有人,"她说,"沃夫希姆先生去芝加哥了。"

前半句显然是假话,因为里面已经有人开始跑调地用口哨吹起了"玫瑰经"。

"请跟他说卡拉威先生求见。"

"我又不能让他从芝加哥回来,对吧?"

这时门后有人大喊:"斯泰娜!"那毫无疑问就是沃夫希姆的声音。

"请在前台留下你的名字,"她匆匆地说,"等他回来我就告诉他。"

"但我知道他就在这里。"

她向我踏上一步,双手叉腰,做出很生气的样子。

"你们这些年轻人以为随时都可以到这里来,"她气势汹汹说,"我们他妈的已经受够了。我说他在芝加哥,他就在芝加哥。"

我提起了盖茨比的名字。

---

[1] 托尼·坦纳指出,虽然希特勒在1920年就采用了卍作为纳粹党的标志,但当时这个新闻的流布范围不是很广,菲兹杰拉德完全不知情,所以卍在这里只是个普通的装饰符号,并非暗示犹太人沃夫希姆是法西斯分子。

"啊!"她又从头到脚打量我,"你能……请问你贵姓?"

她消失了。片刻之后,沃夫希姆肃穆地站在走廊里,两只手都伸出来。他拉着我走进他的办公室,用虔敬的口吻说现在我们大家都很伤心,并递给我一根雪茄。

"我的记忆回到了初次和他见面的时候,"他说,"他是个刚从部队退役的年轻少校,胸前挂满了在战争中得到的军功章。他当时非常穷,整天穿着军装,因为他买不起便服。我第一次和他见面时,他走进第四十三街的维恩布伦纳撞球厅,想找点活干。他已经有好几天没吃过东西。'走吧,我带你去吃午饭,'我说。他半个小时内吃掉了四块钱的饭菜。"

"他做生意是你提携的吧?"我问。

"何止提携!他是我一手栽培的。"

"哦。"

"他原本身无分文,是我从阴沟里硬把他栽培起来的。我立刻看出来他是个长相英俊、温文尔雅的年轻人,他跟我说他念过'牛精'之后,我就知道他值得好好培养。我让他加入了美国退伍军人联合会,他以前在那里地位很高。他刚出道就北上奥尔巴尼[1]帮我的客户解决了某些难题。我们无论做什么事总是这么亲密无间,"——他伸出两根胖手指——"总是在一起。"

我在想1919年的世界棒球大赛舞弊案是否也是他们联手干的。

1　奥尔巴尼(Albany)是纽约州的州政府所在地。

"现在他去世了,"我隔了片刻之后说,"你是他最亲近的朋友,所以我觉得你今天下午应该愿意去参加他的葬礼。"

"我倒是想去。"

"好啊,那就去啊。"

他含泪摇摇头,鼻毛随之轻轻地抖动。

"我不能去——我不能受这件事牵连,"他说。

"不会牵连到你的。这件事已经结束了。"

"反正我不想受人命案子牵连。我要置身事外。年轻时我倒不是这样的——那时如果我的朋友死了,不管是怎么死的,我都会陪他们到最后。你也许会认为这是感情用事,但我不骗你——我会陪他们走完痛苦的人生路。"

我明白他决定不去也是有理由的,所以站了起来。

"你念过大学,对吧?"他突然问。

刹那间我以为他准备要跟我搞"光系",但他只是点点头,跟我握手道别。

"我们要明白,讲交情要在人活着的时候讲,人死就没有交情了,"他意味深长地说,"我自己的原则是,人死我就什么都不管了。"

离开他的办公室时,天变黑了;等我回到西卵已经飘起毛毛细雨。换好衣服之后,我走到隔壁,发现盖兹先生兴奋地在门厅里走来走去。他越来越为他儿子和他儿子的产业感到自豪,这时他有东西要给我看。

"小詹给我寄了这张照片，"他用颤抖的手指递过他的钱包，"你看。"

那是这座房子的照片，四角已经裂开，被很多人摸得很脏。他热切地向我指出每个细节。他会说"你看"，然后看我眼里有没有赞赏的意思。他把照片给人看过那么多次，我想在他眼里，照片可能比房子本身还要真实。

"小詹把它寄给我。我觉得它是很漂亮的照片。拍得很好。"

"非常好。你后来有见过他吗？"

"两年前他去看过我，给我买了现在住的房子。当然，从前他离家出走的时候，我们感到很伤心，但现在我明白他是有道理的。他知道他前面有远大的未来。自从发达之后，他对我非常慷慨。"

他似乎不舍得把照片收起来，又拿着它在我眼前摇晃了一分钟。随后他把钱包放回去，从口袋里掏出一本破旧的书，叫做《霍巴隆·卡西迪》[1]。

"你看，这是他小时候读的书。你一看就明白。"

他打开封底，转过来给我看。最后那张空白页上有"作息

---

[1] 《霍巴隆·卡西迪》是美国作家克拉伦斯·穆尔福德（Clarence E. Mulford，1883–1956）创作的短篇小说集，以西部牛仔英雄霍巴隆·卡西迪为主角。这本书出版于1910年。

表"三个字,日期是"1902年9月12日"。下面写着:

起床……………………………6:00

哑铃锻炼和爬墙练习……………6:15–6:30

研究电学等等……………………7:15–8:15

工作………………………………8:30–16:30

棒球和其他运动…………………16:30–17:00

练习演讲和社交礼仪……………17:00–18:00

研究有用的新发明………………19:00–21:00

总体目标

绝不浪费时间去沙福特家或者［某个姓,字迹看不清楚］

绝不吸卷烟或者嚼烟叶

每两日洗一次澡

每周读一本有益的书或者杂志

每周储存五块钱［划掉］三块钱

更加孝顺父母

"这本书是我无意间发现的,"老人说,"你一看就明白了,对吧?"

"是的。"

"小詹注定要发达的。他总是有这样的决心。你发现他很注意提高自己的修养了吗?有一次他说我吃饭像猪一样,我还打了他一顿。"

他不舍得把这本书合上,而是大声地把每一项念出来,然后热切地看着我。我想他是相当期望我会把这张表格抄下来自己用。

在此之前不久,有个路德派牧师从法拉盛赶过来,我开始不由自主地向窗外望去,看看有没有别的车来。盖茨比的父亲也是这样。等到过了三点,几个佣人都走进来了,站在门厅里等,他开始着急地眨着眼睛,担心地说不知道雨要下多久。牧师也不耐烦地看了几次手表,所以我把他拉到旁边,请他再等半个小时。但这完全没有用。谁也没有来。

五点钟时,我们一排三辆车开到了墓园,冒着瓢泼大雨停在大门口——最前面是灵车,又黑又湿,看上去很可怕;跟着是那辆豪华车,盖兹先生、牧师和我坐在里面,最后是盖茨比的旅行车,坐着四五个佣人和西卵的邮差;我们大家浑身都湿透了。就在我们开始走进墓园的大门时,我听到有辆车停下来,然后又听到有人踩着水追赶我们的声音。我回头去看。原来是那个戴着猫头鹰眼镜的人,三个月前的某个晚上,我曾经见到他在盖茨比的书房对着那些书称赞不已。

自那以后我再也没有见过他。我不知道他从何处得知葬礼在今天举行,甚至也不知道他的名字。大雨倾倒在他的眼镜上,他把眼镜摘下来，擦去雨水，看佣人把防水的布铺开，遮住盖茨比的坟头。

我努力地回忆着盖茨比的音容笑貌，但他已经离得太远，我只能想起，毫不怨恨地想起，黛熙没有送信或者送花来。隐隐约约之间我听到有人低声说"愿上帝保佑这位淋雨的死者"，然后那位猫头鹰眼镜先生响亮地说："但愿如此，阿门！"

我们在雨中踉跄地朝几辆车跑过去。猫头鹰眼镜先生在大门口跟我聊了几句。

"我没能赶到别墅去吊丧，"他说。

"别人也都没有去。"

"不会吧！"他吃惊地说，"唉，我的上帝！他们以前一去就是几百人。"

他摘下眼镜，又里里外外地擦了一遍。

"这婊子养的真可怜，"他说。

我印象中最难忘的事，是在念预科学校和后来念大学期间，每逢圣诞回西部的经历。每年十二月某夜六点，那些家住芝加哥以西的人，会聚集在古老昏暗的联合车站，而芝加哥本地的同学则已经沉浸在节日氛围里，欢乐地和他们道别。我记得车站里有很多从各所女校回来的、穿着皮衣的女生，大家冒着白气热火朝天地闲聊，每当看到熟人就兴奋地把手举到头顶挥舞，还会相互攀比接到的邀请，"你会去奥德威家吗？赫什邀请了你吗？舒茨呢？"而戴手套的手里紧紧抓着长条绿车票。我还记得车站大门旁边停着许多芝加哥—密尔沃基—圣保罗铁道公司的专线车，橘黄色的车厢看上去特别有欢乐的圣诞气氛。

当列车驶入冬夜，真正的雪，故乡的雪，开始从我们身边延伸而去，反射着车窗透出的光芒，沿途驶过威斯康星州境内许多灯光黯淡的小站，车厢里突然变得清冷起来。在餐车吃过晚饭，穿过那些寒冷的车厢走回座位时，我们深深地吸入凛冽的气息，恍然明白这片土地才是我们的故乡。直到一个小时之后，当我们再次习惯了清新寒冷的空气，这种奇妙的感觉才渐渐消失。

这就是我的中西部——不是麦田、原野或者那些荒凉的瑞典小城，而是年轻时返乡的列车，是寒冷黑夜中的街灯和圣诞的铃声，是明亮窗户上的圣诞花环投射在雪地上的影子。我是属于这里的，这些漫长的寒冬让我养成了严肃的性格。而我生活的城市很注重传统，世家故宅都是以屋主的姓氏命名的，自幼在卡拉威府邸长大的我难免有点骄傲自满。现在我终于明白，这归根到底是个西部的故事——汤姆、盖茨比、黛熙、乔丹和我，大家都是西部人，也许我们拥有某些共同的缺点，无形中使得我们很难真正地适应东部的生活。

我曾为东部感到兴奋不已，也曾清楚地意识到，东部比俄亥俄州以西地区好得多。那里虽然不像西部地广人稀，但生活没那么沉闷乏味，哪怕你不是小孩或者老人，也不会整天被人缠着问东问西——可是即使在那个时候，我依然觉得东部的生活有点畸形。尤其是西卵,它依然会出现在我怪诞的梦境里。在我看来,它仿佛是艾尔·格列柯[1]的夜景:上百座既传统又荒诞的房子匍匐在阴沉的天空和黯淡的月亮之下。画面的前景是四个表情肃穆的男人,西装革履地抬着担架走在人行道上,而担架上躺着一位烂醉如泥、穿着白色晚礼服的女人。她的手垂在旁边,手腕上的珠宝闪烁着寒光。那些男人沉重地走进一座房子——走错地方了。但没有人知道那女人的名字,也没有人关心。

盖茨比死后,东部在我心目中就是这样阴森可怕,其畸形的程度超越了我的眼睛的矫正能力。所以等到空气中升起因燃烧枯叶而生的蓝烟,寒风将晾在绳子上的衣服吹得发硬,我就决定打道回府。

离开之前有件事需要先处理好,那件事说起来很尴尬,很不愉快,也许本来应该不去管它的。但我喜欢把事情收拾得干干净净,而不是指望茫茫大海来把我的垃圾冲走。于是我约见了乔丹·贝克,跟她聊起了发生在我们之间的事,以及后来我的遭遇,她坐在一张巨大的沙发椅上,纹丝不动地听着。

她穿着高尔夫球服,我记得当时觉得她看上去漂亮得像插画,她的下巴微微翘起,一副满不在乎的神气,头发是秋叶的黄色,脸庞的颜色和膝盖上的无指手套相同,都是淡褐色的。我把

---

1 艾尔·格列柯(El Greco,1541-1614),西班牙画家、雕塑家和建筑家,以画风怪诞诡异闻名。

话说完之后,她不动声色地说她已经和别人订婚了。我怀疑她是在骗我——尽管她不乏追求者,只要她点头随时都可以结婚——但我还是假装很惊讶。刹那间我在想就这样和她分手是不是错误,又赶紧从头考虑了一遍,然后站起来和她说再见。

"反正是你甩掉我的,"乔丹突然说,"那天你在电话里甩掉我。现在我不怪你,但我从来没有被人甩过,当时愣了好久才回过神来。"

我们握了手。

"喂,你记得吗,"她补充说,"有一次我们聊起了开车的事情。"

"哦,不太记得了。"

"你说烂司机只要不遇上别的烂司机,就不会出事。哎,我遇到别的烂司机了,对吧?这只怪我自己不小心看错人。我原来以为你是个相当诚实、直爽的人。我以为那是你暗地里引以为豪的道德品质。"

"我今年三十岁了,"我说,"五年前我会做违心的事情,并以此为荣,但现在我不会。"

她没有回答。我生气地转身走开,但对她还是有点不舍,也感到非常可惜。

十月底的某个下午,我在第五大道看见了汤姆·布坎南。他走在我前面,步履轻快而急促,双手稍微向前抬起,随时准备推开阻碍的样子。他的头不停地扭来转去，眼睛滴溜溜地四处乱瞟。我正想放慢脚步以免超过他，他停了下来，开始眯着眼睛朝某家珠宝商店的橱窗里看。他突然看到我了，于是往回走，伸出他的手。

"怎么回事，尼克？你拒绝跟我握手吗？"

"是的。你知道我对你的看法。"

"你疯了，尼克，"他脱口而出，"彻底疯了。我不知道你到底怎么回事。"

"汤姆，"我问他，"那天下午你跟威尔逊说了什么？"

他哑口无言地望着我，我知道我猜对了，威尔逊在不知所踪的那几个小时果然是去找了他。我转身就走，但他跟上一步，拉住我的胳膊。

"我跟他说了真话，"他说，"他到我家时，我们正准备出门，我派人去跟他说我们不在家，他想要强行闯到楼上。他那时急疯了，我要是不说那辆车是谁的，他肯定会杀了我。走进我们家之后，他的手一直放在口袋里，拿着一把左轮……"接着他又不服气地说，"我告诉他又怎样？那家伙罪有应得。你的眼睛被他蒙蔽了，黛熙也是，但他是个狠角色。他开车撞倒梅朵就像撞倒一条狗，停都不肯停下来。"

我不知道该说些什么，只能在心里默念着事实不是这样的。

"你别以为我就没有受苦——告诉你吧，后来我去退掉那套公寓，看到那盒该死的狗粮还摆在橱柜里，我坐下来哭得像个婴儿。上帝作证，那真是太可怕了……"

我不能原谅他，也不能喜欢他，但我看得出来他所做的事情，在他自己眼中，是完全合情合理的。一切都是因为自私冷漠和思维混乱。他们是自私冷漠的人，汤姆和黛熙——他们把东西打碎，毁掉别人的生活，然后龟缩到金钱、巨大的冷漠或者随便什么让他们蝇营狗苟地相处的东西里面，让别人来清理他们留下的残局……

我终究和他握手了，否则显得很傻，因为我突然觉得我好像是在跟一个小孩说话。然后他走进珠宝商店去买珍珠项链，或者也许只是买两个袖扣，永远地摆脱了我这个乡巴佬吹毛求疵的责难。

我离开时盖茨比的房子依然空着——他草坪里的草长得跟我的一样长了。村里有个出租车司机每次载客经过大门总要停下来指指点点，也许车祸那晚正是他拉着黛熙和盖茨比去了东卵，也许他已经杜撰出一个别开生面的故事。但我不想听，每次下火车时我总是避开他。

那几个星期六我都在纽约过夜，因为对我来说，他那些灯火辉煌、光彩夺目的宴会宛在眼前，我依然能听见音乐和笑声，轻轻地、不绝地从他的花园传出来，依然能听见轿车在他的车道驶进驶出。某天夜里我真的听到有辆车停在那里，看见车灯停在他家前门的台阶下方。但我没有去看个究竟。也许是某个最后的客人，刚从遥远的地方归来,还不知道盖茨比的宴会早已曲终人散。

临走那夜,我收拾好行李,把车卖给杂货店的老板,然后走过去,再次端详这座象征着失败的荒芜巨宅。白色的台阶上有个粗俗的字眼,不知道是哪个顽童用砖块涂上的,在月光下显得清清楚楚,我把它擦掉了,鞋底在石板上磨得沙沙响。接着我信步走到下面的海边,仰面躺在沙滩上。

这时海边的公馆多数已经闭门锁户,周围几乎没有灯火,只有一点黯淡的光芒在移动,那是横穿海湾的渡轮。明月渐升渐高,那些微不足道的房子渐渐消失,我慢慢意识到这个古老的岛屿曾经鲜花遍地,曾经是当年那些荷兰水手[1]眼里丰腴多汁的新世界。那些消失的树木,那些为盖茨比的豪宅让路的树木,已经呻吟着献身给全人类最后和最大的梦想。当初看到这片大陆,心醉神迷的人类肯定在刹那间屏住了呼吸,不由自主地陷入一种他既不理解也不渴望的美学沉思,有史以来最后一次面对某种他力所能及的惊喜。

我坐在沙滩上遐想古老而未知的世界,忽而想起了盖茨比,他第一次见到黛熙家码头末端的绿灯时,肯定也感到万分惊喜。他走过漫漫长路才来到这片蓝色的港湾,肯定觉得梦想已经离得非常近,几乎伸出手就能够抓得到。他所不知道的是,梦想已经

---

[1] 现在美国的纽约州、新泽西州、特拉华州和康涅狄格州在十七世纪曾是荷兰的殖民地,合称为新荷兰。

落在他身后，落在纽约以西那广袤无垠的大地上，落在黑暗夜幕下连绵不绝的美国原野上。

盖茨比信奉的那盏绿灯，是年复一年在我们眼前渐渐消失的极乐未来。我们始终追它不上，但没有关系——明天我们会跑得更快，把手伸得更长……等到某个美好的早晨——

于是我们奋力前进，却如同逆水行舟，注定要不停地退回过去。

[终]

弗朗西斯·司各特·菲兹杰拉德（1896.9.24–1940.12.21）
Francis Scott Fitzgerald

作家、编剧
美国文学"爵士时代"代言人
"迷惘一代"代表作家之一

经典作品：

《了不起的盖茨比》（1925）《夜色温柔》（1934）
《爵士时代的故事》（1922）《那些忧伤的年轻人》（1926）

李继宏

生于1980年,祖籍广东,翻译家

2014年4月,作为伯明翰大学莎士比亚研究所访问学者赴英国交流
2015年4月,译作《小王子》成为法国"圣埃克苏佩里基金会"唯一官方认可中文译本
2015年8月,作为加州大学尔湾分校(UC Irvine)英文系客座研究员赴美交流

翻译作品

2005年《维纳斯的诞生》
2006年《追风筝的人》
2006年《谋杀的解析》
2007年《倒转地极》
2007年《烟花散尽》
2007年《充满奇想的一年》
2007年《灿烂千阳》
2008年《当半个神不容易》
2008年《公共人的衰落》
2009年《山楂林的故事》
2009年《洞穴》
2009年《与神对话(第一卷)》

2010年《与神对话(第二卷)》
2010年《穷查理宝典:查理·芒格的智慧箴言录》
2010年《新资本主义的文化》
2011年《与神对话(第三卷)》
2012年《与神为友》
2013年《小王子》
2013年《老人与海》
2013年《了不起的盖茨比》
2013年《动物农场》
2013年《瓦尔登湖》
2016年《月亮和六便士》
2016年《傲慢与偏见》

个人主页 http://site.douban.com/179084

扫一扫，
测测你是经典文学世界中的谁？

了不起的盖茨比

产品经理 | 赵海萍　　封面设计 | 董歆昱
助理编辑 | 李昊泽　　责任印制 | 梁拥军
后期制作 | 顾逸飞　　出 品 人 | 路金波

出 版 人：胡洪侠
责任编辑：岳鸿雁
封面设计：董歆昱
技术编辑：杨 杰　林洁楠

图书在版编目（CIP）数据

了不起的盖茨比 /（美）弗朗西斯·司各特·菲兹杰拉德著；李继宏译 . -- 深圳：深圳报业集团出版社，2017.11

ISBN 978-7-80709-814-0

Ⅰ.①了… Ⅱ.①弗… ②李… Ⅲ.①长篇小说－美国－现代 Ⅳ.① I712.45

中国版本图书馆 CIP 数据核字 (2017) 第 246611 号

了不起的盖茨比

（美）弗朗西斯·司各特·菲兹杰拉德 著

李继宏 译

深圳报业集团出版社出版发行
（518034　深圳市福田区商报路2号）
北京旭丰源印刷技术有限公司印制　新华书店经销
2017年11月第1版　2018年9月第2次印刷
开本：880mm×1230mm　1/32　印张：6.5
字数：128千字　　印数：9,001-14,000册
ISBN 978-7-80709-814-0　定价：36.00元

版权所有 侵权必究
如发现印装质量问题，影响阅读，请联系021-64386496调换